*O Livro
dos Amores*

# O Livro dos Amores

*Contos da vontade dela e do desejo dele*

## Henri Gougaud

Tradução de
Márcia Valéria Martinez de Aguiar

**Martins Fontes**
São Paulo 2001

*Esta obra foi publicada originalmente em francês com o título*
*LE LIVRE DES AMOURS, por Éditions du Seuil.*
*Copyright © Éditions du Seuil, 1996.*
*Copyright © 2001, Livraria Martins Fontes Editora Ltda.,*
*São Paulo, para a presente edição.*

**1ª edição**
*março de 2001*

**Tradução**
MÁRCIA VALÉRIA MARTINEZ DE AGUIAR

**Revisão gráfica**
*Andréa Stahel M. da Silva*
*Renato da Rocha Carlos*
**Produção gráfica**
*Geraldo Alves*
**Paginação/Fotolitos**
*Studio 3 Desenvolvimento Editorial*

**Dados Internacionais de Catalogação na Publicação (CIP)**
**(Câmara Brasileira do Livro, SP, Brasil)**

Gougaud, Henri
 O livro dos amores / Henri Gougaud ; tradução Márcia Valéria Martinez de Aguiar. – São Paulo : Martins Fontes, 2001. – (Coleção Gandhara)

 Título original: Le livre des amours.
 Bibliografia.
 ISBN 85-336-1391-1

 1. Contos franceses I. Título. II. Série.

01-0719  CDD-843

**Índices para catálogo sistemático:**
1. Contos : Literatura francesa  843

*Todos os direitos para o Brasil reservados à*
***Livraria Martins Fontes Editora Ltda.***
*Rua Conselheiro Ramalho, 330/340*
*01325-000 São Paulo SP Brasil*
*Tel. (11) 239-3677 Fax (11) 3105-6867*
*e-mail: info@martinsfontes.com*
*http://www.martinsfontes.com*

# *Índice*

*Prefácio*, XI.

## ÁFRICA

ÁFRICA NEGRA

A ruptura, 3. – As folhas secas, 5. – Como o prazer chegou ao povoado, 8. – O sal, 11. – Cuia-Doce, Pilão-de-Amor e Sacos-Redondo, 14. – Como adveio às mulheres a boca de baixo, 17. – Como o aguilhão adveio aos homens, 20. – A gata selvagem, 23. – Ogum e Oluré, 26. – A guerra de amor, 29. – O caçador e o pitão, 32. – A moça que perdera seu ornamento, 35. – A mulher, a cadela e a lança, 40. – Como foi desposada Bela-como-um-Lírio-Negro, 44. – Ranito, Gato e Galinha-Bela, 48. – A moça que procurava um osso, 51. – O rapaz que tinha três amores, 54. – Quem, 58.

MUNDO ÁRABE

Os pais do coração do mundo, 59. – O lavrador de campos molhados, 64. – O canteiro de salsa, 72. – O canto de Fahima, 75. – Zohra, 79. – Os perfumes da verdade, 84. – As crianças apaixonadas, 88.

## ÁSIA

TURQUIA
O que dizia a velha, 97.

ÍNDIA
O verdadeiro Deus, 100. – Os amores de Krishna, 103.

TIBET
A lança silvestre, 108. – Os dois que se amavam de um amor proibido, 111. – Kunley, o homem-relâmpago, 115. – A prece de Kunley, 119.

CHINA
Os amores de Lao, 123. – Nuki, 127.

JAPÃO
Ozumé, 130.

CORÉIA
As noites estranhas do senhor Song, 133. – Won-Hyo, 137.

## OCEANIA

Os primeiros amores do mundo, 145.

## AMÉRICAS

AMAZÔNIA
O ferimento, 153. – Lua, 157. – As flautas de Yurupari, 161.

AMÉRICA DO NORTE
O Viúvo-para-além-do-Oceano, 164. – O Matreiro, 168. – Como o Matreiro criou os legumes, 171. – Como o Matreiro se transformou em mulher, 174. – Como Coyote casou-se, 178. – O pesadelo, 181. – Iktomé, o gabola, 184. – A inocente, 189. – O fantasma, 192.

## EUROPA

GRÉCIA ANTIGA
Tirésias, 199. – Europa, 203. – O nascimento do Minotauro, 206. – Héracles e Onfale, 209.

GRÉCIA
O sapateiro no convento, 212. – O homem que foi expulso do inferno, 218.

FRANÇA
Como o paraíso foi perdido, 221. – A canção, 223. – A moça que não podia ouvir falar de sacanagem, 226. – A matreira e o louco, 230. – A moça e o caçador de galinha, 234. – O cavaleiro que fazia as bocetas falarem, 238. – O diabo na fechadura, 245. – O homem que havia perdido o burro, 248. – O anel, 251.

ALEMANHA
O monge e as alegrias de Eros, 255.

RÚSSIA
A viúva, 260.

PÓLO NORTE
Miti, 264. – Deus e Miti pregam-se peças, 269. – Nanok, 274. – Nukar, 277.

*Fontes*, 283.

Dar leis a quem se ama?
O amor só conhece suas próprias leis!
                                    Boécio

# *Prefácio*

*Os contos não falam do mundo da infância, mas da infância do mundo. Neles encontramos a inocência, o vigor, a proximidade com Deus e a ausência de dúvida das primeiras primaveras da vida.*

*Ora, no universo exuberante das jubilações orais, há uma região que os exploradores evitaram obstinadamente: aquela em que se diz o desejo, o encontro entre homem e mulher, o apetite do gozo, em suma, o bom uso daquilo que o Criador nos colocou entre as pernas e o ventre. Contudo, quando mergulhamos nos contos e mitos dos povos primitivos, vemos que os mil jogos do sexo foram celebrados, em todos os lugares, tanto quanto as manifestações mais sagradas da felicidade da existência. A razão pela qual durante muito tempo essas histórias de lanças e de cavernas molhadas foram consideradas pouco dignas de interesse, e menos ainda de afeição, provavelmente é o mal-estar insuportável que os aristocratas do espírito (ou os que assim se pretendem) sempre experimentaram diante das intempestivas liberdades do corpo. Nosso Ocidente, hoje, já não as julga inspiradas pelo diabo, mas ainda não ousa pensar que elas possam, ou tenham podido um dia, agradar a Deus. Para nós, o céu permanece imperturbável e começa, em todo caso, acima de nossas cabeças. Para nossos ancestrais simples, não havia lugar, por mais simples que fosse, em que ele não estivesse presente. Como pois imaginar que o Guardião de nossas almas pudesse desprezar esse baixo ventre em que germina a árvore da vida? Ele está sempre ali presente, atento ao prazer de seus filhos inábeis, distribuidor de papéis, provedor de gozos, árbitro das guerras amorosas, jogador voluptuoso tanto quanto santo Pai. E sua presença é tão constante junto aos leitos de amor, quando não é ele próprio que ali está rolando, que é legítimo pensar que esses seres longínquos que nos puseram no mundo consideravam o ato amoroso como uma forma de oração, e a oração como uma exaltação arrebatada da força vital.*

*Tinham a inocência fundamental que falta a nossos corações. A convivência com as tradições orais mostra-nos que, quanto mais uma sociedade torna-se civilizada, mais Deus se torna abstrato, mais afasta-se da terra e do corpo de seus filhos, e mais os jogos do amor se saturam de proibições, de juízes severos e de segredos culposos. E, quando o desejo assim reprimido se insurge, reclama seus direitos e se desfaz de suas amarras, fica sozinho consigo mesmo, prazer amputado da felicidade, terra sem céu, alma sem fé. Deus escapou do ventre e não pode voltar a ele.*

*Na verdade, esses contos injustamente negligenciados nos ensinam que o Inspirador do mundo não se preocupa nem um pouco com nossas gran-*

*dezas, com nossas baixezas. Não escolhe. Simplesmente surge onde é convidado. E, por pouco que o acolhamos, perfuma os quartos, reaviva as cores, confere sentido ao menor dos suspiros, exalta as palavras, em suma, faz trabalho divino. Para nossos ancestrais, é evidente que a força de amar tem sua fonte no Mestre da Criação, e que não há dever mais jubiloso que celebrar essas ferramentas que nos foram dadas para servir a ela. Para nos convencer, basta usufruir da incomparável profusão lingüística que nunca cessou de jorrar da forquilha das coxas. Apenas na língua francesa, mais de trezentos nomes designam o sexo do homem, o mesmo tanto o sexo da mulher, e um número ainda maior a união dos ventres. São as palavras da oração dos corpos. Elas aguilhoam o desejo, aquecem os humores, embalam o sangue, acendem os olhares. Como as orações, já são atos. Que sejam sutis ou chulos, delicados ou brutos, francos ou metafóricos, exprimem o irresistível impulso vital, essa força que avança e atravessa nossos corpos, cega ao conveniente e ao inconveniente.*

*É claro que estes contos são tão universais quanto o desejo humano. Os que povoam este livro são todos, evidentemente, de tradição oral. Qualquer que seja seu lugar de origem, expressam o mesmo espanto de se ver sob o sol depois da escuridão insondável, o mesmo maravilhamento diante do amor que, onde não havia nada, fez uma boca, olhos, orelhas, um rosto, um coração no peito em que moram em segredo um escravo e um rei. Agradou-me servir a estas obras que têm tanto a nos ensinar sobre a felicidade a reinventar. Agrada-me ainda mais que elas me tenham permitido entrar nessa família de homens intemporais cujas palavras cantam e dançam sem cessar em volta do mistério de estar no mundo, o mais simples de todos, dentre todos o mais profundo.*

*África*

ÁFRICA NEGRA

## *A ruptura*

Quem fez o mundo tal qual é? Deus Pai, como todos sabem. Mas como foi que fez homem e mulher, e por que homem e mulher se amam, se deitam juntos, se casam? A alma o sabe, no fundo de cada ser, mas ela é tímida, cala-se. Escutem pois a verdade.

O primeiro ser vivente que Deus fez tinha um corpo e dois rostos. Era forte, era sábio, sabia desfrutar com o coração e com os sentidos do céu e da terra, sabia que a verdadeira luz se vê de olhos fechados, sabia o que os mortos sabem, e também o que sabe a criança antes do ventre da mãe. Sabia tudo do céu, tudo da terra. Seu único desejo era viver a vida que lhe tinha sido dada.

Ora, Deus gostava dos prazeres do mundo. Descobriu, num dia de verão, um magnífico vinho de palma. Bebeu, estalou a língua, seus olhos tornaram-se brilhantes, seu nariz vermelho, o espírito abandonou-lhe o crânio, começou a rir por nada, a bater as mãos, a dançar, enfim, tanto fez e tão atabalhoadamente que tropeçou nas estrelas e despencou escada abaixo. Foi como um relâmpago em meio a uma tempestade. Onde foi que caiu? Em cima do ser duplo que olhava o anoitecer à beira de uma torrente na montanha. A pancada partiu-o ao meio.

Uma metade rolou em direção ao céu, a outra em direção à terra. Os dois se levantaram juntos, quiseram voltar a se acasalar. Um deles sentiu nascer um pau no alto das coxas desesperadas, o outro gemeu, cavou o ventre para acolher aquela carne viva, sua própria carne, sua própria vida. O êxtase do reencontro durou o tempo de um grito de amor. De novo se separaram como Deus os dividira.

Desde então homem e mulher se encontram, se estreitam, se afastam, continuam se procurando infinitamente. Sofreram uma ruptura, só vivem para curá-la. Fazem amor como quem reza. Gozam. Seus ventres sabem que são um só ser em espírito.

## *As folhas secas*

Deus criou pois o mundo, árvores, prados e florestas, animais de pêlo duro, pássaros, animais rastejantes. Após o que modelou um homem e uma mulher, construiu para ele uma cabana num campo na orla de um bosque, e para ela uma choça à beira de um riacho. Entre eles traçou um caminho. Mas nem um nem o outro o viu. Ambos estavam cegos. Seus olhos assemelhavam-se aos dos recém-nascidos, com a porta das pálpebras ainda fechada. Assim viveram um momento, sem que nada os atraísse um para o outro, e Deus, durante todo esse tempo, pôde dormir sossegado.

Mas um dia, quando estavam pegando água diante de suas casas, veio-lhes no mesmo instante o mesmo sentimento irracional e persistente: no final do caminho reto que atravessava o matagal havia uma presença infinitamente preciosa para suas vidas, seus sonhos. Deus, vendo-lhes nascer o desejo, imaginou, em sua alta luz, que em breve um iria até o outro. Quis saber quem, homem ou mulher, daria o primeiro passo. Fez com que caísse no caminho uma chuva de folhas secas. "Quando eu as ouvir farfalhar", disse consigo mesmo, "acordarei. Verei quem está caminhando sobre elas, e portanto quem dos meus dois filhos é mais vulnerável à febre amorosa." Tendo assim pensado, foi deitar em seu leito de nuvens.

A mulher, naquela noite, saiu à porta de sua casa, e procurando aqui e ali alguma coisa para comer colocou por acaso a mão num sapo barrigudo. O animal cuspiu-lhe veneno nos olhos e, coaxando desesperadamente, saltou no meio das plantas da margem. A mulher, exasperada, esfregou o rosto. A unha do dedo mínimo arranhou-lhe os olhos. Suas pálpebras se abriram. Ela enxergou, espantou-se. Lá em cima havia um céu, em volta a terra, um rio cintilante, árvores, matas, mil cores fugitivas, um velho sol poente no horizonte oeste, uma casa mais adiante, e na frente de seus pés descalços um caminho que levava até aquele lugar aprazível. Viu também as folhas secas. Pressentiu a armadilha divina. "Se eu for aonde quer o fogo que está me aguilhoando, o Velho Pai ficará sabendo", disse consigo mesma a finória. "Ora, eu preferia que ele nada visse." Sentou-se, pensou num meio de enganar as orelhas divinas, depois sorriu, maliciosa, e foi correndo encher um balde no riacho próximo, regou as folhas secas e amoleceu-as o suficiente para que não estalassem. Feito isso, foi, prudente e prestamente, na ponta dos pés à casa daquele que queria conhecer. Deus agitou-se no sono, resmungou e voltou a seus sonhos.

A mulher achou o homem admiravelmente bemfeito. Abriu-lhe os olhos com duas vigorosas unhadas. Ele achou a companheira exatamente igual àquela que lhe povoava os devaneios de cego. Ficaram emocionados, tocaram-se, tremeram tanto que se deitaram, tateando encontraram os caminhos desejados, gozaram, perguntaram-se como tinham podido viver sem os olhares, sem os rostos um do outro. De novo treparam. Finalmente a mulher disse num sopro maravilhado:

– Olha, o sol está nascendo. Deus não tardará a sair da cama, e eu não gostaria que nos surpreendesse aqui, juntos, um em cima do outro. Homem, tenho que partir. Amanhã à noite irás me procurar.

O homem viu a manhã pela primeira vez, viu sua longa sombra, viu-a encolher-se, viu o sol a pino secar as folhas mortas e novamente as sombras estendendo-se até o anoitecer. Finalmente viu a lua e seu rebanho de estrelas sair dos currais celestes. Calçou então as sandálias e cantarolando baixinho foi namorar.

Seu calcanhar esmagou pesadamente as folhas. Elas farfalharam, estalaram. Não deu importância, seu espírito estava inteiramente voltado para o novo prazer. Ouviu trovejar por cima de sua cabeça:

– Onde estás pois indo, meu filho?

O outro curvou as costas, colocou as mãos sobre o crânio.

– És tu – continuou a voz – o primeiro a sucumbir à febre do amor. Até o fim dos tempos, que assim seja. Irás até a mulher e a mulher esperará que lhe implores por amor.

– Mas, Senhor – arriscou o homem.

Não disse mais palavra. Estava apaixonado e temia para a amada o julgamento divino. Apenas ele, desde esse momento em que Deus o interpelou, sabe que a mulher é sempre a primeira a querer. É seu desejo que tudo acende. "Olha-me", diz, e o homem vem a ela, e o Velho Pai, lá no alto, sorri em seu sono.

# Como o prazer
# chegou ao povoado

O Criador vivia, naqueles tempos esquecidos, no povoado dos homens. Céu e Terra eram irmão e irmã. O medo, a angústia, o sofrimento, a dor de cabeça, a dor de dentes não pesavam sobre os habitantes da Terra. O Velho Pai era feliz e simples. Gostava de brincar. Maravilhava-se modelando punhados de argila, dando-lhes coração, alento, sentidos. Assim dele nasciam as pessoas. Saíam de suas mãos com a palavra na boca, força nos músculos e luz nos olhos, inacessíveis ao mal, sem passado nem futuro. Nada conheciam (e nada desejavam) além de um presente sempre renovado.

Ora, um dia, Deus, com um guarda-sol nos ombros, estava passeando despreocupadamente por entre as choças redondas, quando repentinamente parou, com o olhar aceso, a narina gulosa. Uma lebre estava sendo assada perto de uma porta aberta. Uma mulher agachada salpicava-a com açafrão.
– Que cheiro delicioso – disse ele debruçando-se sobre o espeto em que estava o animal. – Posso experimentar um pedacinho deste lombo dourado?
Ela respondeu-lhe:

– De modo algum. Estou faminta, e meu homem também. É nosso almoço, Senhor, e não o teu.

Pela primeira vez Deus sentiu o coração subitamente apertado em seu corpo infinito.

– Mulher – disse ele –, estás me magoando. Quem criou este animal? Fui eu, pai de todas as coisas. Vamos, sê boa, alimenta-me. Uma lasca, nada mais que isso, na ponta de meu dedo.

A mulher, com um ar de birra, abanou a fumaça de cima do assado e com o mesmo gesto seco repeliu a mão estendida.

Deus ficou amargurado. O povoado, de repente, pareceu-lhe prosaico. O ar não se mostrava mais apaixonado pelas casas, árvores, ruelas. Fechou o guarda-sol e abandonou aquele lugar que não o agradava mais. Foi para o céu, onde se tornou eremita.

Mas não se sentiu bem em sua casa do Alto. Primeiramente ali ficou, amuado, depois, quando a tranqüilidade voltou a seu coração, muito entediou-se. "Para que", disse consigo mesmo, "ter feito filhos, se devo viver sozinho?" Deu uma olhada para baixo, no povoado. Que foi que viu? Homens, mulheres ocupados como normalmente com seus afazeres, com sua felicidade. Acaso chamavam-no vez por outra? Acaso contemplavam o céu com alguma ansiedade? Caçavam, comiam, bebiam, riam, brincavam, e se levantavam a cabeça era de medo que chovesse. "Já não me amam", pensou o Esquecido. Quis voltar a viver entre seus filhos e filhas. Mas apenas o desejo imanta os seres, e Deus já não era suficientemente desejado. Então veio-lhe a idéia de atrair para si aqueles que não queriam mais acolhê-lo. Inventou a morte. Não para puni-los, nem para se vingar, mas para que viessem a ele. Atraiu as almas, onde estava a verdadeira vida. Os corpos, pesados demais para o ar sutil das alturas azuis, aqui permaneceram e nutriram a terra.

Ora, o povoado definhou. Os tetos de palha despencaram sobre as casas abandonadas pelos que tinham partido. Ninguém tomava-lhes o lugar. Sem argila modelada pelas mãos do Velho Pai e sem seu sopro quente sobre a boca e os olhos, como ver e sentir? Como vir ao mundo? Pararam de brincar. Tudo os atemorizava. Deus viu e não gostou dessas novas misérias.

Consultou o amor, prisioneiro de suas lágrimas, e também a felicidade, que dançava à sua volta. Feito isso viu, junto a si, um ser.

– Quem és ? – perguntou o Velho Pai.

– Teu mensageiro, para servir-te – respondeu o recém-nascido. – Foi tua meditação que me fez tomar corpo. Já que não podes mais dar a vida aos homens, eles mesmos o farão, e eu os ajudarei.

– Como? – disse Deus, perplexo.

– Entrarei em suas carnes, excitarei seus sentidos, despertarei seus sexos e os forçarei a gozar um do outro. Assim, sem teu auxílio, eles se multiplicarão.

– Como te chamas, dize-me, ó filho inesperado?

– Nomeia-me pois tu mesmo, ó Deus. Sou tua criatura.

O Velho Pai respondeu:

– Serás o Prazer no corpo dos viventes, sem cessar passageiro, sem cessar renovado. Vai, pois, meu mensageiro. Consola meus filhos de minha ausência. De agora em diante eles nascerão, crescerão, envelhecerão. O tempo será seu senhor, e tu seu companheiro compassivo e secreto.

Deus se calou. O Prazer desceu à Terra. Até hoje vem cumprindo seu dever.

# *O sal*

Este instrumento que chamamos de pau, tocha, lança, flauta, aspargo, dedo que não tem unha, aguilhão, charuto ou bastão de cama, numa palavra esse negócio pendurado que faz de um ser humano um homem, era naqueles tempos um ser vivente sem família, livre para ir e vir, comer, falar e dormir como o fazem as pessoas normais. Que seu nome seja, nesta história, já que é preciso um, Senhor Dardo. A vagina, também chamada de abricó, amêndoa, concha, figo, fonte, fortaleza, buraco gentil ou túnel de amor, enfim, esse graal hoje possuído por todas as mulheres, era naquela mesma época igualmente independente. A Senhora Vaso-Doce vivia, exatamente como o Senhor Dardo, uma vida independente.

O povoado era pobre. A fome grassava. Decidiram pois um dia (eram bons amigos) ir juntos até a cidade vizinha, na esperança de trocar por alguns alimentos suas últimas conchas. A Senhora Vaso-Doce gostava de sopa de cereais. Comprou o suficiente para preparar um caldeirão. O Senhor Dardo, por sua vez, achava que o sal marinho era um bom remédio para tudo, principalmente para os males dos jovens abatidos. Fez pois com que lhe pesassem um pacote de uma libra. Após o que, contentes com a viagem, puseram-se a voltar para casa.

Ora, quando estavam caminhando, o céu tomou um ar sombrio. O trovão rosnou, sobre as árvores amedrontadas caíram raios, e quando o Senhor Dardo estava levantando, com o semblante preocupado, a cabeça calva em direção às nuvens, a tempestade (um sujeito gordo e corpulento) cuspiu-lhe nos olhos suas duas primeiras gotas.

– Meu sal! – disse ele, com a voz trêmula. – Não sobreviverá à chuva que está ameaçando cair! Vai derreter! Senhora Vaso-Doce, salva-me! Salva-o! Onde poderei abrigá-lo?

Seu rosto iluminou-se.

– Graças a Deus já sei: na tua grande boca. Abra-a, para que eu o coloque aí dentro.

A Senhora Vaso-Doce, dócil, descolou os belos lábios vermelhos, o outro ali enfiou a libra de sal fino, após o que todos os dois procuraram algum lugar para se abrigar da água que já escorria por mil furos celestes. A Senhora Vaso-Doce viu um cupinzeiro e trotou imediatamente para lá.

– Achei o que eu queria – disse ela ao Senhor Dardo.

Atrás dela, ele gritou:

– Chega um pouco para lá, por favor! Dá-me um lugar!

– Procura outro lugar – ela respondeu. – O espaço é estreito demais para dois.

O Senhor Dardo, com as costas curvadas, foi até uma árvore e ali construiu com alguns galhos um abrigo seguro e quase seco.

Acontece que a chuva, aumentando, transformou em pouco tempo o cupinzeiro num lamaçal inabitável. A Senhora Vaso-Doce viu-se para fora sem nem mesmo ter aberto a porta. Correu à choça em que estava o Senhor Dardo. Ele tinha acendido o fogo. Estava preparando uma sopa.

– Vem depressa – disse ele – e devolve-me o sal, tenho que temperar.

– O sal? Que a vergonha caia sobre mim! Nada mais tenho na boca!

O Senhor Dardo ficou roxo.

– Que brincadeira de mau gosto é essa? Vamos, desgraçada, confessa logo!

– Não acreditas em mim? Entra – respondeu-lhe a Senhora Vaso-Doce. – Podes verificar tu mesmo!

O Senhor Dardo entesou-se, penetrou rudemente na amiga aberta, xeretou aqui e ali, empurrou, saiu, voltou.

– Procura, procura em todo lugar – disse-lhe, com voz lânguida, a Senhora Vaso-Doce. – E não precisas apressar-te, tenho todo o tempo do mundo!

O Senhor Dardo, furibundo, não encontrando em lugar algum o sal que tudo cura, cuspiu um longo jato branco e finalmente abandonou o local. Ficou um momento abatido, com a cabeça baixa.

– Pode ser que tenhas procurado mal – disse-lhe a Senhora Vaso-Doce. – Talvez tenhas esquecido algum recanto secreto. Quem sabe? Por que não tentas de novo?

E o outro, levantando a cabeça, reiniciou corajosamente as buscas.

Desde então ele procura e provavelmente procurará até o fim dos tempos. Quando se cansa, cospe e volta às suas ocupações mundanas. Mas a esperança renasce depressa. Então, reanimado, ele volta à boca obscura para procurar o sal do qual resta apenas um leve perfume de oceano entre dois lábios delicados.

## *Cuia-Doce, Pilão-de-Amor e Sacos-Redondo*

Pilão-de-Amor e Sacos-Redondo eram vizinhos, naqueles tempos, da senhora Cuia-Doce. A fome lavrava no povoado. O sol descarnava as árvores, os seios das mulheres, as crianças, e o vento levava a terra para as depressões das torrentes secas.

– Amigos, vamos catar frutas – disse numa manhã Cuia-Doce aos vizinhos da choça ao lado. – Ânimo, precisamos tentar viver!

Todos os três partiram para a beira de um campo no qual havia amoreiras por entre a vegetação rala e as rochas.

Cuia-Doce sentou-se num toco de figueira, desfez a cabeleira e disse aos dois amigos:

– Ao trabalho! Ficarei supervisionando. Quando seus duplos alforjes estiverem transbordando, vocês os despejarão ali, naquela pedra plana, e eu farei dois montes. O primeiro para mim, o segundo para vocês.

– Quê? – rosnou Sacos-Redondo. – Você pretende ficar aí fazendo nada, penteando a cabelama e lançando-nos meigos olhares enquanto nós, como bons meninos, esfolamos os dedos?

Cuia-Doce, desdenhosa, abriu bem a boca e alisou os cílios.

– E você quer, além do mais, uma parte das frutas? – suspirou Sacos-Redondo, já extenuado.

Pilão-de-Amor disse-lhe:

– Ora vamos, tente entender, Cuia-Doce tem medo de estragar a pele. É um ser frágil, delicado, secreto. O sol lhe faz mal.

– De mim ela não terá nada – resmungou o outro, emburrado.

Partiram para o campo. Sacos-Redondo encheu as gordas bochechas com tudo o que conseguiu colher e lambeu os beiços. Pilão-de-Amor fez seu trabalho cantarolando uma música alegre.

Quando o sol estava a pino, pesados fumos cinzas invadiram o céu. O trovão rosnou. Os relâmpagos crepitaram. Pilão-de-Amor levantou a cabeça.

– Deus lá no alto está acendendo o cachimbo, vejam como fere o lume! Vai espirrar daqui a pouco!

– Calma – disse Cuia-Doce. – Se começar a chover, meus amigos, saberei como abrigá-los.

O espirro de Deus fez estremecer o céu e a terra. A tempestade desabou de um ímpeto. Pilão-de-Amor curvou as costas, largou o alforje duplo e foi correndo para a beira do campo.

– Espere-me! – gritou Sacos-Redondo correndo e se rebolando como um ganso gordo assustado.

Seus pés enroscaram-se na barriga, tanto havia comido frutas. Pilão-de-Amor, com a cabeça luzidia, chocou-se com Cuia-Doce. Ela se abriu.

– Entre, pois – disse ela.

Ele atravessou a soleira. Cantou:

*Em ti mergulho, mergulho e mergulho,*
*Ó misteriosa e divina matriz!*

Cuia-Doce sussurrou:

*Em mim mergulhas, mergulhas, mergulhas,*
*Ó potente e doce raiz!*

Sacos-Redondo, do lado de fora, protestou:

*Em mim, ai, a chuva mergulha, mergulha,*
*[mergulha,*
*Oh, como estou molhado e infeliz!*

Foi assim que o amor se fez. E é assim que continua se fazendo. Quando no ninho de Cuia-Doce, Pilão-de-Amor vem abrigar-se, Sacos-Redondo fica na porta. Tudo por causa de sua grande pança cheia de amoras num dia de chuva. Mulher, abra-te, o conto está dito.

## *Como adveio às mulheres a boca de baixo*

Eram os primeiros dias. O mundo despertava, as pessoas nos povoados escutavam músicas, os rostos riam, o amor nascia, doce e terno, mas as mulheres não tinham nem fenda, nem fonte no triângulo de baixo, os homens nada tinham entre as coxas morenas para visitar aqueles lugares, e Deus, de tempos em tempos, dava-lhes filhos sem consultar ninguém.

Ora, numa manhã desses dias, um caçador disse ao filho:
– Tua mão já é suficientemente forte para empunhar um sabre. Toma este, meu filho, pertenceu a meu pai, saberá defender-te. A planície e a caça são agora tuas. Mas, se queres um conselho, evita a floresta. Um monstro assombra aquela mata. Uma noite eu o vi, confundido com a escuridão espessa. Fugi, com os braços voltados para o céu. E todavia conheces minha intrepidez!
O que um pai proíbe é sempre sedutor! O rapaz partiu. Para onde? Para o denso bosque.

Por um momento ficou espreitando na orla das folhagens, com o coração transtornado por um desejo obscuro, tempestuoso, heróico. Avançou um passo, não viu nem animal nem monstro, embrenhou-se sem hesitar nas sombras das grandes árvores, com o sabre no final do braço. Caminhou durante muito tempo, cortando os galhos baixos e os espinheiros, até chegar a um lugar profundo, sombrio, inextricável. O sol só atravessava-o em fios de aranha, e os pássaros ali já não cantavam. O chão parecia tremer. Ele estacou e gemeu, com os olhos arregalados. O temível animal estava ali, escarrapachado.

Tratava-se, na verdade, de uma prodigiosa vagina. Sua fenda assemelhava-se a um vale vermelho, os lábios cobriam as árvores próximas, o tosão pululava de insetos e de galhos secos. O rapaz, agarrado com as duas mãos à sua arma, tremendo tomou fôlego e pôs-se a cantar:

*Grande caçador de águias, de feras,*
*encontrei o monstro aterrorizante!*
*Grande caçador, vem a galope, não espera,*
*vem em socorro de teu infante!*

O pai, sentado na frente de sua casa, afiava o sabre de ferro. Estendeu as orelhas, escutou.
– É por acaso meu filho que estou ouvindo? O desgraçado me desobedeceu! Foi (eu tinha certeza!) desafiar o grande dragão flácido!
Pegou a arma e o cinto, seguiu as pegadas do filho.

Encontrou-o tremendo dos pés à cabeça atrás de uma árvore centenária.

– Eu bem que te preveni, miserável, para nunca vir até onde ei-nos agora! Só nos resta lutar. Encomenda a alma a Deus!

Só o pavor cria monstros. A única coisa que ali havia, diante dos dois destemidos guerreiros, apesar de grande como um lago, era uma inocente vagina. Ela foi logo cortada, picada, reduzida a mil pedaços, de modo que à noite no meio da mata não havia mais um sexo de mulher, mas muitos e muitos deles, dispersos.

A notícia logo espalhou-se pelos povoados da região. A gata gigantesca tinha dado cria! As moças, excitadas, foram ver de perto aquele adorno aveludado que lhes faltava ao ventre. Cada uma escolheu um e colocou-o no lugar. Então Deus decidiu que através daquele buraco secreto passariam as crianças e o prazer do amor. As mulheres ficaram satisfeitas, apesar de extremamente desconcertadas. Pois estava faltando uma ferramenta para a obra divina. Como ela foi dada aos homens? Um conto o contou e vai contar, quando tua orelha desejar.

# *Como o aguilhão adveio aos homens*

O buliçoso, nos primeiros dias, não se balançava na parte inferior do ventre macho. Dava em uma árvore. Para além do primeiro povoado deste mundo havia uma floresta, e nesta floresta ficava essa árvore de pífaros. Quem a descobriu? Uma mulher. Vendo aquelas apetitosas frutas que pendiam copiosamente nos galhos altos, sua boca de baixo salivou. "Quero-as, hei de consegui-las", disse para si mesma. Estirou-se na ponta dos pés, estendeu os braços, esticou a língua. Só pôde tocar a brisa que murmurava na folhagem.

Foi correndo buscar as companheiras.
– Irmãs, coloquem as tangas vermelhas, lavem as mãos e o rosto, enfeitem os pescoços com colares e os umbigos com pérolas azuis! Ali na clareira há uma árvore de desejo. Venham, corramos, vamos depressa!
Pipiando, rindo, vestiram-se, embelezaram-se, partiram. Só ficou em casa uma adolescente leprosa. As irmãs não tinham querido levá-la. Quase sem fôlego reuniram-se à sombra da folhagem da qual pendiam os paus. Contemplaram-nos com o nariz para cima, não souberam o que dizer, o que fazer e vol-

taram murmurando, sonhando com saltos ágeis, invejando os pássaros.

A leprosa esquecida de manhã no povoado pôs-se à frente do bando.
— Irmãs mais velhas, encontraram as frutas?
As outras fizeram caretas, e rosnaram, e guincharam:
— Ficamos olhando sem poder pegar nada.
— Amanhã, levem-me com vocês. Seduzirei as frutas que tanto desejamos. Sei como fazê-lo.
— Cale-se, você cheira mal. Como poderás vencer onde nossos corpos perfumados não conseguiram seduzir?
Cuspiram a seus pés e voltaram para casa.

No dia seguinte de manhã, lavadas, penteadas, vestidas, com ombros e seios besuntados com óleo de amêndoa, de novo foram ter com a árvore magnífica. Todas, durante a noite, haviam sonhado com ela. Até o entardecer saltaram e dançaram à sua volta. Os aguilhões em seu céu de folhagem murmurante permaneceram imperturbáveis. As moças tomaram o caminho de volta gemendo e praguejando. Na entrada do povoado, a leprosa veio ter com elas.
— Amanhã, permitam-me acompanhá-las. Acreditem-me, irmãs mais velhas, vocês não se arrependerão!
— Afaste-se de nós, seu cheiro está nos contaminando!
— Colher uma lança, você? Para fazer o que com ela?
— Esta pestilenta pensa que é deusa. Vamos, moças, afastemo-nos!

No dia seguinte, no entanto, deixaram-na segui-las, todas de tanga vermelha, ela vestida de nada trotando-lhes nos calcanhares. Estava limpa e nua, não trazia colares de pérolas no pescoço mas em seus olhos havia diamantes esplendorosos. Quando se viu na frente da árvore, não estirou-se na ponta dos pés, nem implorou ao céu como fizeram as outras. Deitou-se à sombra, afastou as pernas, fechou os olhos, cantou:

> *Vem minha serpente, vem meu quero-quero,*
> *vem para o ninho que a mulher em si porta,*
> *vê, abro-te completamente a porta.*
> *Faz tanto tempo que te quero!*

Uma lança pontuda estremeceu, lá no alto, na folhagem; uma outra, comovida com a música, debruçou-se sobre o ventre chato, todas incharam de alegria. Os galhos até o solo lentamente se inclinaram. As moças, com as mãos esticadas, gritando e rindo saltaram-lhes em cima, encheram suas cestas e voltaram ao povoado.

A leprosa, chegada a noite, reuniu-as diante do fogo.
– Dêem esses paus aos homens, eles poderão alimentá-los – disse-lhes em segredo. – Se vocês o deixarem sozinhos junto a seus leitos, antes que amanheça já terão murchado. Breve perecerão, sem raízes vivas!
Todas a obedeceram. Os rapazes, desde então, ficaram adequadamente ornados. Devem-no à mal-amada que todos deixaram sozinha em casa. Ela não tinha tanga vermelha, mas sabia a canção.

## *A gata selvagem*

Dizem que nos velhos tempos a concha de amor que toda mulher possui entre as pernas e o umbigo era como um adorno com o qual ela podia ou não se enfeitar, a seu bel-prazer. Às vezes ela a deixava dormir na prateleira, às vezes quando vinha o desejo colocava-a no lugar, dela gozava com seu homem, depois a punha junto ao leito e se virava para a parede, com o ventre novamente liso e vazio.

Ora, um dia dois esposos foram viajar. O marido pegou o arco, o saco e o porrete. A mulher colocou frutas, carnes, pães em sua cesta de vime, pôs por cima seu instrumento de prazer e todos os dois, com o sol batendo-lhes no rosto, colocaram o caminho sob os passos. Caminhando um na frente do outro, rodeados de abelhas e passarinhos tagarelas, logo chegaram ao vau de um riacho. Ali, no momento em que estavam atravessando, uma maliciosa rajada de vento levantou as saias da viajante. Ela levantou uma perna, sacudiu os braços no ar, segurou a cesta que vacilava-lhe na cabeça, mas da mão estendida escapou-lhe a ferramenta de trepar. Ela caiu na água. A mulher cantou:

*Meu doce buraco, minha caixa de amor,*
*meu coração de baixo, minha gateira,*
*meu tesouro, meu sulco encantador,*
*acode meu homem, ele está fugindo na carreira!*

A fenda, como um peixe vivo, desapareceu entre duas ondas, voltou, reapareceu. O homem mergulhou, cortou as ondas. Arrulhou, com os dedos luzidios:

*Vem cá, vem rir, vem brincar,*
*Vem para minhas mãos, meu carinho,*
*Deixa-me te acariciar,*
*Ó fina flor, não me deixes sozinho!*

Por um instante a fujona deixou-se tocar, de novo escapou entre os mil sóis que brincavam nas ondas. A mulher correu até a margem.
– Estou vendo-a, siga-a meu homem, siga-a!
O esposo trotou e tropeçou, caiu, espirrando água no céu, praguejou, gritou:
– Mulher, ajuda-me!
Ela bateu as mãos, cantou:

*O desejo abre-me as coxas bem torneadas,*
*volta ao ninho, minha gata molhada!*

E o homem, pingando:

*Vê como está descoroçoada*
*Minha bela vara adocicada!*

Tanto fizeram que finalmente o poço doce voltou entre a corrente e a margem. Sua boca aberta estava vermelha como carne sob faca.

O homem pôs a mão nela. Ninou-a, acariciou-a. Finalmente disse à esposa:

– Deita-te e canta mais uma vez.

Então, enquanto elevava-se o canto do prazer desejado, ele colocou a fugitiva no lugar, e ameaçando-a com a lança:

– Aqui estás, aqui ficarás enquanto minha mulher for mulher.

Sua voz era tão potente que foi ouvida em todos os lugares. Desde esse dia nenhuma gata ousa escapar do ninho. Eu disse a verdade. O conto acabou.

# *Ogum e Oluré*

No primeiro dia do tempo em sua casa do Alto, nosso Pai pariu um homem e uma mulher: Ogum e Oluré. Eles abriram os olhos, olharam o mundo. O sol nascente reinava sobre as árvores, os rios, os montes, os caminhos retos e as planícies desertas. Gostaram do ar azul, das folhagens murmurantes, dos perfumes da terra.

– Vamos passear – disse Ogum à mulher.

Oluré respondeu:

– Não quero tua companhia. Por esta terra bendita, prefiro caminhar sozinha.

Ele ficou pois na casa de Deus. Ela seguiu para a terra.

Experimentou a água das fontes, as frutas dos galhos baixos, os murmúrios dos campos, o infinito dos caminhos. Viajou durante muito tempo, feliz de pisar a primeira poeira, oferecer-se à brisa e estender a mão para os pássaros assustados. Chegado o crepúsculo, subiu numa rocha para saudar ao longe as belezas do pôr-do-sol. Acontece que, na frente do horizonte, havia um baobá. Ele preenchia o espaço. Ela agitou os braços. Gritou:

– Estás me atrapalhando! Sai daí! Afasta-te!

A árvore não ouviu. Ela chamou Ogum. Ele apareceu prontamente, sentado ao lado dela.

– Estás vendo este gigante folhudo? Está me perturbando a vista. Está me roubando o fogo que Deus acaba de acender, ali, no fim do mundo. Homem, precisas abatê-lo!

Ogum talhou um machado no rochedo e seguiu Oluré. Ela deitou-se na relva, olhando seu homem trabalhar. Ao primeiro golpe desferido, um estilhaço de madeira dura, afiado como uma lança, atravessou o ar da noite. Foi cravar-se nas carnes de Oluré, entre suas coxas abertas. Ela mal estremeceu, deu um gritinho, não sentiu quase nada. Quando a árvore deitou-se, despediu Ogum. No ar róseo da aurora continuou seu caminho.

O andar despertou a lasca de madeira em seu corpo. Ela gemeu, mordeu os lábios. O menor passo logo se transformou num suplício. Caiu de joelhos, de novo chamou Ogum em seu socorro. Mal pronunciou-lhe o nome, ele apareceu diante dela. Ele apalpou delicadamente a dor entre suas coxas, retirou o fragmento de madeira, depois tornou a acariciar. Finalmente murmurou:

– Agora, por favor, façamos amor juntos.

Oluré sorriu-lhe. Gozaram sete vezes, depois retornaram ao céu. Deus estava modelando a lua, sentado diante de sua porta.

– De agora em diante – disse-lhes – vocês viverão na terra, na mesma casa. E, já que foi Ogum que primeiro confessou seu desejo, assim será enquanto eu estiver aqui, velando sobre suas vidas. O homem proporá, a mulher aceitará ou não, conforme seu desejo.

Que são os homens? Nada. Mendigos, escravos. Se querem prazer, precisam pedir. A esposa vai na frente, o esposo trota-lhe atrás. Foi culpa de Ogum. Foi graças a Oluré.

# *A guerra de amor*

Bastão-de-Homem-de-Ponta-Redonda e Caverna-Crespa tinham naqueles tempos sua casa na savana. Viviam pobremente, batiam os matos espessos como selvagens medrosos, catavam ovos perdidos, frutas caídas das árvores e à noite adormeciam na palha seca com a boca aberta em direção ao céu, como passarinhos esperando o biscato.

Ora, adveio uma temporada de miséria tão magra que as serpentes morriam nas matas nuas.
— Soube por uma garça que animais cinzas vivem na água corrente — disse Caverna-Crespa. — Se entendi direito o nome, chamam-se peixes. Amanhã, irei mergulhar minha cesta no rio. Com a ajuda de Deus, pegarei alguns deles e os comerei.

Bastão-de-Homem-de-Ponta-Redonda respondeu molemente, bocejando para as estrelas:
— Com a ajuda de Deus, amanhã, eu dormirei. Não consigo nem mais manter a cabeça ereta.

Assim que o sol se levantou, sua companheira partiu.

Voltou à noite, arrastando com grande esforço a cesta encharcada. Despejou na soleira mil lampejos de prata viva, fez crepitar o fogo, colocou o guardanapo no pescoço e devorou a fritura. Bastão-de-Homem-de-Ponta-Redonda veio até a porta.

– E eu, minha mulher? – disse ele, com água na boca. – Serve-me, por favor! Serve-me depressa!

Estendeu o prato para Caverna-Crespa. Ela ali colocou uma pitada de sal.

– Eis tua parte, meu belo – disse ela limpando os lábios.

Aquela noite ele jantou um perfume de frutos do mar e foi para seu canto, ruminando vingança.

No dia seguinte de manhã, à hora em que o sol despe sua touca vermelha e saúda o universo, ele foi direto até o rio. À noite retornou, orgulhoso como um baobá, com a cabeça coroada por um balaio transbordando de maravilhas de água doce. Não teve um só olhar para Caverna-Crespa, que o estava esperando sentada na soleira da casa mastigando um fio de grama. Reanimou o fogo, pôs o caldeirão em cima, encheu-o de peixes frescos e perfumou com pimenta em pó.

– Senhor Deus, que belo jantar! – cantarolou sua companheira aspirando o vapor perfumado.

– Mulher, eis tua parte – respondeu secamente Bastão-de-Homem-de-Ponta-Redonda.

Estendeu-lhe uma tigela em que reinava um cascalho entre alguns grãos de pimenta. Ela cheirou, rosnou, espirrou três vezes, depois torceu o nariz e furiosa saltou, com a cabeça abaixada, sobre seu homem.

A batalha foi acirrada e por muito tempo incerta. Bastão-de-Homem-de-Ponta-Redonda, rolando por sobre as cinzas quentes e os peixes espalhados, cavalgou um instante o corpo atônito de Caverna-Crespa. Com uma cabeçada de mestre pregou-a na relva e se pôs a açoitar-lhe as entranhas obscuras. Ela gemeu, desesperada:

– Estou machucada! Estou morrendo! Sai de dentro de mim! Não, volta! Vai embora! Oh, não tão depressa!

Bastão-de-Homem-de-Ponta-Redonda rosnou ferozmente. Ela fechou-se sobre ele, teve um furioso sobressalto.

– Quero morrer – disse ela – e quero que morras.

Entraram no mesmo grito na morte deliciosa e breve, no mesmo sopro renasceram, recuperaram a luz e o vigor e voltaram ao combate.

Desde então a guerra dura. Bastão-de-Homem-de-Ponta-Redonda vencido por sua vitória e Caverna-Crespa invencível e derrotada juntos desafiam o infinito onde os espera a paz paciente junto a um leito sem bordas nem limites.

# *O caçador e o pitão*

Era um grande caçador. Seu olhar era ágil, e seu arco infalível. Um dia, na floresta, quando estava caminhando silenciosamente, chegou à orla de uma clareira redonda e ali parou, cauteloso. No sol movediço que deslumbrava a relva, havia um grande pitão molemente enrolado em cima de um animal morto.

– Salve, caçador – disse a serpente.
– Salve, caçador – respondeu o homem.
– Queres me ajudar – disse a serpente – a esquartejar este antílope?

O homem balançou corajosamente a cabeça. Desembainhou a faca de ferro. A tarefa foi prontamente realizada.

– Obrigado, caçador – disse a serpente. – Queres conhecer minha casa? Vem, serás meu convidado.
– Que a paz esteja conosco! Vai, eu te seguirei.

Eles se foram sob as grandes árvores, arrastando a caça retalhada.

Chegaram à beira de um lago. Pesados pássaros planavam à sua volta, algas se movimentavam sobre a água negra. O medo transpassou o coração do homem. Altivamente, ele nada demonstrou.

– Caçador, tua coragem me agrada – disse o pitão. – Mergulhemos juntos.

O homem fechou os olhos e deixou-se cair nas trevas frias. Quando reabriu-os, estava numa casa. Era bela, vasta, rica. Vários criados azafamavam-se nas salas de mármore verde, moças atravessavam a luz dourada das janelas. Uma delas comoveu o caçador. Era a filha do pitão. "Gostaria que ela me servisse a bebida", pensou, com o coração transtornado. "Quando ela se inclinasse sobre mim, eu lhe respiraria o alento."

– Tem paciência – disse-lhe o pitão. – Ela foi buscar água fresca.

O caçador espantou-se e franziu o cenho. "Será que esta serpente", disse consigo mesmo, "pode ouvir meus pensamentos?" De boca fechada, continuou dizendo a si mesmo: "Espero que ele me ofereça um pernil de nosso antílope."

– É claro – disse o pitão. – Eu não faria a injúria de servir-te um pedaço inferior. Eis minha filha. Toma teu lugar.

O homem se sentou. Serviram-no. Foi honrado como um irmão. Bebeu, comeu, depois arrotando de satisfação levantou-se para se despedir. A moça beijou-lhe a mão. "Oh", pensou ele, "se ousasse pedir, eu bem que te convidaria a deitar-te em minha cama." A serpente respondeu a seu mudo desejo:

– Passa a noite conosco, ela lhe oferecerá a sua!

Todos riram. O dia passou de um modo amável e alegre. À noite o caçador deitou-se sobre a moça num quarto nu de teto estrelado.

No dia seguinte de manhã levantou-se contente, apesar de um pouco cansado. A serpente recebeu-o na sala de jantar.

– Estás feliz, meu filho?
– Mestre – respondeu o homem –, falta à minha felicidade um nada, uma luz. Este poder que tens de ouvir os pensamentos me agrada mais que nenhum outro. Gostaria de possuí-lo.

A serpente tirou de sob a roupa uma conta de ouro minúscula.

– Filho, eis meu último presente. Neste objeto selado há três gotas de sangue misturadas com um sopro de meu hálito. Volta para casa, abre a boca e deita o conteúdo entre os dentes. Assim poderás sentir os desejos silenciosos.

O homem saiu do lago ao soar do meio-dia. Voltou para casa, trancou-se, despiu-se, perfumou os membros, depois pegou em seu saco a cápsula mágica. Abriu-a, cheirou-a. Pela primeira vez na vida, tremeu. Esticou bem a língua. Um raio de sol vindo da lucarna deslumbrou-o por um instante. Recuou um passo. Uma gota caiu na terra batida, uma outra manchou-lhe o cinto desfeito, a terceira rolou-lhe até a ponta do pau e então evaporou-se.

Esse caçador teve filhos. Foram nossos ancestrais. Apenas seus sexos borrifados herdaram o poder ofertado pelo pitão. Desde então, quando uma moça ondulante aproxima-se de um homem, quem é que ouve o apelo mudo de seu desejo? Quem se levanta e se agita entre as pernas e o umbigo? O coração é ignorante e o espírito errante, mas nada é capaz de distrair uma lança daquilo que diz um silêncio de mulher.

# A moça que perdera seu ornamento

Era uma vez um moço, uma moça. Ela gostava de coquetear. Ele estava apaixonado. Todas as noites, no crepúsculo, à hora em que as palavras e os gestos tornavam-se lânguidos no povoado, eles conversavam em segredo, à sombra fresca de um velho muro. Apenas os pássaros os ouviam, pousados acima deles, com os bicos mergulhados no céu vermelho.

– Vem dormir comigo – murmurava o rapaz.

A moça arrulhava:

– Tu me amas?

– Como poderei provar? – respondia ele, com a voz febril.

Ela fugia rindo. Ele voltava para casa, arrastando os passos, de cabeça baixa.

Numa noite de lua cheia, ela fitou-o firmemente e lhe disse, com um olhar zombeteiro:

– Que farias por mim?

– Fala e saberás.

– Amanhã, vai ao mercado. Abaixa as calças no meio da praça, agacha-te com a bunda de fora entre duas bancas e caga diante de todos.

— Se é este o preço para te amar com o coração e com o ventre, eu o farei — respondeu ele.

No dia seguinte, à hora do crepúsculo:
— Obedeci — disse ele.
— Eu sei — disse ela. — Todo o povoado está rindo de ti.
— Vem dormir comigo — disse ele.
A moça respondeu:
— Deitar com alguém que caga diante de todos? Olha bem para mim. Não quero mais te ver!
Ela se foi ondulando os quadris. Ao longe, um corvo grasnou. O rapaz, com as mãos no rosto, deixou-se cair de joelhos. À meia-noite voltou para casa ladeando as choças adormecidas. De manhã pegou o cajado, pôs seu saco nos ombros e abandonou a região.

Caminhou muito tempo em direção ao norte. Num povoado à beira de um rio, um feiticeiro convidou-o a partilhar seu pão. Esse homem era poderoso e sábio. Viu que o coração do hóspede era tão terno quanto orgulhoso. Fez dele seu aprendiz. Durante três anos o rapaz foi instruído por este velho de gestos simples. Durante três anos permaneceu mudo. Escutou, comeu, dormiu sem que uma palavra lhe atravessasse os lábios. Uma noite o velho lhe disse:
— Quem te trouxe até aqui?
O rapaz lhe respondeu:
— A vergonha.
Contou-lhe sua desgraça.
— Só isso? — disse o feiticeiro servindo-lhe a sopa. — Não vejo motivo para te atormentares.
Da prateleira pegou dois saquinhos de magia. Colocou-os diante dos pés descalços do rapaz.

— Meu filho, volta para casa. O conteúdo deste saco perto de teus artelhos direitos, espalha à beira da lagoa em que as mulheres enchem os potes. Com o outro, perto de teus artelhos esquerdos, não direi o que deves fazer. Tu saberás, ou não saberás.

O rapaz, na aurora seguinte, beijou o mestre e partiu.

Quando chegou ao povoado, a lua acariciava os tetos. Perto do caminho que leva à água dispersou o pó branco do primeiro saquinho de magia. Havia uma árvore na margem. Subiu em seus altos galhos e ali preparou um abrigo discreto.

No dia seguinte havia pés de feijão espalhados por toda a relva. Suas vagens luziam, infinitas. As mulheres que estavam indo apanhar água puseram as ânforas de lado e maravilhadas e com grande estardalhaço fizeram sua colheita de legumes. A que o rapaz espreitava veio por último, empertigada e viva. Parou à sombra da árvore, com mil perguntas nos olhos negros. Ficou contemplando de boca aberta a miraculosa horta. Um raio iluminou o cérebro do rapaz. Ele sorriu e despejou o segundo saquinho nos ombros da moça.

Imediatamente viu-a levar as mãos entre as coxas. Seu ornamento lanoso por onde se faz amor tinha acabado de cair-lhe do vestido e, como um animal maligno finalmente libertado da prisão, lá se foi trotando entre os feijões. A moça gritou-lhe:
— Queres voltar aqui!
Foi como chamar uma pererreca saltando sobre nenúfares. A moça apavorada gritou tanto e tão alto que sua mãe acorreu. Mal tinha chegado à sombra

da árvore e também ela, desesperada, viu seu barbudo cair-lhe nas sandálias e correr para cá e para lá, no meio das plantas viçosas. Veio o pai, empunhando o arco, pensando tratar-se de uma violação de bárbaros. Ficou um momento pasmo contemplando, sem entender nada, seu dedo sem unha ir embora, orgulhosamente instalado nos colhões. Pôs-se a esgoelar-se, trotando, com as mãos estendidas para a lança veloz.

O povoado, prevenido, logo reuniu-se à sombra azul da árvore.

– É estranho – disse um.

– É prodigioso – disse o outro. – Alguém, com certeza, lançou-lhes um feitiço.

– Provavelmente – disse um velho. – Esta moça lançou a vergonha sobre um rapaz daqui. Esqueceram-se? Ele teve que se exilar, já faz quase quatro anos. Sua vingança é tão tardia quanto original.

Ouviu-se um barulho, lá no alto, entre as folhagens. Todos levantaram a cabeça. O rapaz desceu, vagarosamente, galho a galho. Foi acolhido com um respeito espantado.

Todos o rodearam.

– Terás que te desculpar – disse o pai à filha, enquanto seu pífaro fazia mil traquinagens à sua volta.

Ela inclinou-se diante de seu apaixonado perdido e balbuciou:

– Perdão.

– O cagão de mercado passará uma esponja nessa história – respondeu o rapaz com solenidade.

Os sexos retornaram imediatamente a seus ninhos.

– Gostaria muito de deitar contigo esta noite – disse a moça, contrita.

– Veremos, veremos – disse o novo feiticeiro dando-lhe tapinhas nas faces.

Girou sobre os calcanhares e voltou para casa, escoltado pela multidão.

Não se deve ceder aos caprichos das mulheres. Se as deixarmos muito à vontade, em breve estarão jantando no crânio de Deus!

# A mulher, a cadela e a lança

*Um conto está chegando, quer falar.*
*É mais verdadeiro que tua mão direita.*
*Não o deixes se esquivar.*
*Oferece-lhe leite e tâmaras de tua colheita!*

Aquela mulher era infeliz. Seu homem todas as noites a repreendia, depois cobria-a de pauladas, possuía-a sem amor e adormecia em cima dela. Uma manhã ela partiu à procura de melhor sorte.

Errou durante longos dias. Encontrou o vento, ele a despiu. Encontrou a tempestade, ela dilacerou-lhe o ventre. Sentiu uma criança mexer-se em suas entranhas. Continuou caminhando, com as mãos no umbigo. A savana estava deserta. Entre dois relâmpagos azuis ouviu ao longe um cachorro que uivava. Uma choça surgiu de um farrapo de nuvem entre o mato alto. Ela se pôs a correr. Com os ombros empurrou a porta carcomida. Ali se deixou cair, sobre a terra batida. Enxugou os olhos, depois levantou a cabeça. Então recuou até a parede e gemeu.

Na penumbra úmida uma cadela de pêlos negros mantinha-se imóvel junto a um sexo de homem. O instrumento era vivo, carnudo, imperceptivelmente curvado e firmemente plantado nas bolas peludas. A glande meneou a cabeça. A cadela inclinou-se para ela, com a orelha esticada, endireitou-se e disse:

– Meu amigo Lança está lhe desejando um bom dia.

– Dize-lhe obrigado por mim – respondeu-lhe a mulher.

Os soluços estrangulavam-na. A parede esfolava-lhe as costas, os punhos, as ancas. A estaca bochechuda mexeu-se de novo. O animal, por sua vez, novamente se inclinou.

– Meu amigo Lança quer saber de onde vens – disse a cadela com uma expressão austera.

– Meu marido me batia, fugi de nossa casa. Caminhei em linha reta, quem sabe para morrer, quem sabe para sobreviver.

– Vagar desse jeito – rosnou a cadela negra –, com teu ventre prenhe de uma nova vida!

A mulher respondeu, com as mãos no rosto:

– Fiz como pude.

Diante dela, a três passos, o pau estirou-se até quase beijar a orelha da cadela. Falou durante muito tempo, em perfeito silêncio. Após o quê, o animal se endireitou e disse:

– Meu amigo Lança te acolhe e abençoa porque vais em breve colocar uma criança no mundo. Temos ali uma cama onde darás à luz, depois voltarás para o lugar do qual vieste, para a casa de teu homem.

– Não tornarei a ver nem a lua nem o sol – gritou a apavorada mulher. – Sois demônios, tu, a cadela que fala, e tu, a lança viva!

O animal respondeu-lhe:

– Que ele seja lança ou demônio, não é da tua conta. É um ser vivo. Queres a vida. Ele te dará.
– Estou com fome – gemeu a mulher.
– Acende pois o fogo e preparas o que comer.

Sobre a pedra da lareira havia um grão de arroz. Ela o pegou, perguntou onde havia outros.
– Tem confiança – disse-lhe a cadela.
A mulher pôs a ferver uma panela de água, dentro jogou o grão dando de ombros. O arroz logo multiplicou-se tão profusamente que começou a transbordar sobre os tições. Ela encheu três cabaças. Lambeu os beiços com uma, sentada num canto. O animal degustou tranqüilamente a sua. A lança curvou a glande e aspirou de uma só vez o almoço fumegante.

No dia seguinte de manhã, a perdida segurou o ventre gemendo. Uma velha apareceu no mesmo instante perto de sua cama. Acariciou-lhe a testa, ajudou a criança a nascer e a pôs para dormir num berço de feno. Ficou oito dias, cuidou do recém-nascido e velou sobre a mãe. Uma noite ela partiu, e a cadela voltou pouco antes da aurora.
– Tens que nos deixar hoje – disse ela. – Lava-te.
– Esta é minha casa – respondeu a parida. – Permiti-me viver aqui.

A lança pareceu falar com o animal atento. Após um longo silêncio a cadela disse, balançando a cabeça:
– É tua vez de ter piedade de nós. Vou te acompanhar. Vem até aqui, diante da porta.

Os três saíram juntos.

Sob o sol nascente havia quatro charretes carregadas de provisões, de frutas, de tangas finas, de ornamentos dourados. Um búfalo branco estava atrelado a cada uma delas. A cadela transformou-se num homem bem vestido e indicou o caminho. Mãe e filho seguiram o cortejo. À hora do crepúsculo vermelho chegaram ao povoado. O marido veio até eles atravessando o pátio.

– Tua mulher voltou – disse-lhe severamente o portador das maravilhas. – Chegou à nossa casa grávida de um novo filho. Nós a acolhemos. Acompanhamos seu parto. Fica sabendo que de agora em diante os demônios a protegem. Deus quis assim. Sê justo, e viverás. Sê louco, e virei queimar-te as sandálias.

Sem mais palavra partiu. Uma cadela de pêlos negros desapareceu na noite.

*O conto falou, agora se cala.*
*Que disse ele? Pergunta à tua alma.*
*Deus veio, depois voltou.*
*Homens e mulheres, dormi em paz e calma!*

# Como foi desposada Bela-como-um-Lírio-Negro

Era um chefe poderoso. Batizara a bem-amada filha com o nome de Bela-como-um-Lírio-Negro. Quando a olhava seus olhos se enchiam de sol. Se uma cortina os separava, seu semblante tornava-se nebuloso. Chegou a época inevitável em que tiveram que casá-la.

– Quero um homem forte – disse ele a seus ministros. – Quero que seja sutil e que sua estaca de amor seja a mais forte do mundo. Quero-o invencível, incansável a ponto de impressionar a lua e seu rebanho de estrelas. Pensei muito. Decidi o seguinte: darei minha filha àquele que puder, com um golpe bem assestado de sua tromba de prazer, cortar os sete frutos maduros que a brisa balança no topo da palmeira mais alta de meu jardim.

A notícia invadiu a cidade e os arredores. Todos balançaram a cabeça e contemplaram o ventre. Nenhum ousou subir na dita árvore.

Um dia veio um errante. Soube da nova. Foi à casa do rei.

– Senhor dessas paragens, amanhã esposarei Bela-como-um-Lírio-Negro.

Era magricela mas empertigado como um galo. Todos se cutucaram, apontaram-no com o dedo, dele zombaram.

– Eh, castiçal de passarinho, eh, dedinho recurvado, toma cuidado para que o vento não te derrube lá do alto!

– Amanhã – disse-lhe o rei – subirás na árvore. Se cortares os frutos com um golpe de tua lança, cumprirei minha palavra. Caso contrário, é melhor não desceres, sobe diretamente à casa de nosso Criador! Pois, tão verdadeiro quanto sou pai, se voltares a colocar o pé na terra, terás a cabeça cortada.

Riu copiosamente. O homem saudou-o e girou sobre os calcanhares.

Era astuto como uma raposa. Esperou que anoitecesse. Quando o sol no horizonte oeste já vestira a touca de dormir, esgueirou-se sem barulho nem vergonha num galinheiro bem provido, degolou uma galinha anã, despejou-lhe o sangue num frasco e foi sob a lua cheia até a palmeira do jardim do rei. Escalou-a, cortou os frutos, depois atou-os ao galho com um fio finíssimo de sua camisa. Após o quê, desceu e foi dormir na poeira morna, à sombra de um velho muro, com a nuca sobre o saco e as mãos no ventre.

No dia seguinte bem cedo pela manhã, o povo veio se reunir em volta da árvore. O rei mandou que para ali levassem sua cadeira. Esperaram o errante. Ele chegou, ainda bocejando, arrastando os velhos sapatos rotos. Parou diante da palmeira. Todos, boquiabertos, ficaram olhando.

– Rápido – disse o rei. – Meu almoço está me esperando. Não me faças ficar impaciente.

O homem enlaçou o tronco e se pôs a escalar. No topo abriu camisa e calças, brandiu o círio de carne fresca e pegou disfarçadamente o frasco de sangue de galinha. Lançou o conteúdo, com um rugido, sobre o fio que mal podia suster o grande cacho de frutas maduras. Ele caiu imediatamente, gotejando de vermelho.

– Ai, meu rabo! Ai, minha espada flamejante! – gritou o homem, lá em cima.

– Senhor, que pancada! Ele se machucou! – disse um, embaixo, com o nariz virado para os anjos.

– É um herói – disse o outro. – Não teme ferir-se.

– Quem sabe sofrer merece ser honrado – disse um velho encurvado, com o indicador diante do nariz.

– Eh, a filha do rei arranjou um marido – murmurou uma mulher.

As núpcias duraram oito dias. O rei ficou inconsolável, mas só pôde comer, chorando, as frutas derrubadas da árvore. O errante continuou seu caminho com Bela-como-um-Lírio-Negro.

Na primeira parada às margens do rio azul, os recém-casados fizeram amor na relva. Foi terno, alegre, simples como uma manhã. Gozaram três vezes, depois o homem espreguiçou-se e disse à companheira:

– Vai pois pegar água.

Ela riu, espantou-se.

– Não tenho nem pote nem ânfora.

– Entre tuas belas pernas há uma cabaça. Conheço-a, acabo de sair dela. Enche-a e volta.

– Homem, como pegar água com meu buraco barbudo? Miséria de meus ossos – gritou, em lágrimas –, meu marido perdeu a razão!

– Não mais do que este velho rei que quis para a filha um esposo afligido por uma lança com dentes de serrote. O amor é mais poderoso que a espada dos baixos-ventres. Ele me venceu. Amo-te.

Ela abriu-lhe os braços.

– Ó sábio mais louco dos loucos deste reino! – disse ela extasiada.

Juntos partiram. À hora em que me calo, os filhos de seus filhos ainda estão correndo o mundo.

# *Ranito, Gato e Galinha-Bela*

Eram três errantes, Ranito, Gato, Galinha-Bela. Foram até o fim do mundo, voltaram, finalmente se sentaram entre as patas de Deus.

– Vamos construir uma casa – disse aos outros Galinha-Bela.

– Para quê? – disse Ranito. – Detesto tetos.

– Só gosto de janelas. Os pássaros me atraem – disse o Gato. – E além disso estou com vontade de te devorar. Penso que minhas garras gostam de ti. Constrói tua casa sem mim.

Com troncos de árvores, folhagens e galhos, ela construiu sozinha um abrigo.

Vieram os trovões e as chuvas.

– Galinha-Bela, ai, sou eu! – gritou Ranito, do lado de fora. – Abre rápido, estou me afogando!

– Seu louco desvairado, contemplador de estrelas, vais me sujar o tapete!

– Por mil milhões de libélulas! – bradou o outro. – Vou chamar o Gato. Tu o ouviste há pouco. Ele gosta de galinhas belas. Vai te devorar crua!

– Mais baixo, Ranito, mais baixo! Ai de mim, se ele acordar! Abro-te a porta. Entra, vem aquecer-te.

Ranito entrou, sacudiu a água, olhou à direta, à esquerda, veio até a cama, apalpou o acolchoado e disse revirando os olhos:

– Posso me deitar aqui?

– Mas que topete! – esganiçou Galinha-Bela. – Esta cama é minha, e nela durmo sozinha!

– Muito bem, vou chamar o Gato. Agora há pouco ele me disse que estava pensando muito em ti. Já estava salivando. Ficará contente.

– Ora vamos, eu estava brincando – balbuciou Galinha-Bela.

Tremendo, ela disfarçou, deu uma olhada cautelosa pela janela, alisou o acolchoado.

– Deita-te. Estás bem acomodado? Queres que eu te cubra?

– Lindinha, vem pois até aqui – respondeu Ranito, com as pálpebras semicerradas. – Oh, eu gostaria muito de tocar aquele lugar quente entre tuas coxas redondas.

– Oh, o monstro! O bandido! O debochado! O animal fedorento!

Ela quase sufocou, inspirou ruidosamente.

– Estou acolhendo sob meu teto um tarado selvagem! Um bandido vem até minha casa sem ser convidado e exige, além disso, que o deixe acariciar minha intimidade! Em que mundo perdido, Senhor Deus, estamos vivendo?

Ranito se levantou, entreabriu a lucarna e gritou:

– Gato, vem até aqui! Galinha-Bela está te esperando, ela gostaria de te servir a carcaça no jantar!

– Não tão alto, desgraçado! Se ele te ouvir, estou morta!

Ela se encolheu, fez três sinais-da-cruz, depois oferecendo-se em martírio à cupidez ranífera:

– Vamos, por esta vez, está bem, serei condescendente. Toca, mas em silêncio.

Ranito acariciou, afagou, explorou, fez cócegas, excitou-se. Finalmente perguntou:

– Posso enfiar meu negócio em teu buraco, Galinha-Bela?

– Ah não, já chega. Podes tocar, nada mais. Até onde iríamos, Senhor, se eu não estivesse atenta?

– Gato – berrou Ranito –, Galinha-Bela está no ponto! Vem, eu vou acender o fogo, tu roerás os ossos, eu ficarei com as penas!

Ela pulou-lhe em cima, colocou a mão em sua boca.

– Enfia se queres mas cala-te, besta feroz! Este diabo vai alvoroçar Deus e todo o mundo! Eh, quando fazemos essas coisas, precisamos ser discretos!

Ela pegou-lhe o aguilhão e ela mesma o pôs onde ele queria ir.

– Pronto. Estás contente? Vai, é bom. Vai mais forte. Meu Deus, ele está me possuindo! Oh, o desgraçado faz isso muito bem! Mais, mais, mais!

– Chega, estou satisfeito. Amar demais é amargo – suspirou Ranito no fim da noite passada em claro.

– Volta para a cama, meu belo – arrulhou Galinha-Bela. – Amar demais nunca é demais!

Assim são feitos os homens, assim são feitas as mulheres. Eu te quero, tu me foges. Eu te alcanço, quem é pego?

# *A moça que procurava um osso*

Era uma vez um gigante preguiçoso como um hipopótamo. Um dia, ele herdou uma plantação de feijões. Deitou-se à beira da lavoura. Dormiu cem dias à sombra de cem árvores. Chegado o centésimo primeiro foi vagabundear no povoado vizinho. Reuniu as moças.

– Minha terra é triste e doce, precisa de vocês, venham trabalhá-la! Por um dia de trabalho, um pernil de cordeiro!

Era um bom salário. Todas o seguiram.

Cada uma, chegada a noite, assou seu pernil. Uma dentre elas devorou a carne e o osso. Um cão ladrou atrás dela. Queria sua parte de jantar. Ela o tocou. Ele a seguiu.

– Vai embora! – gritou a moça agitando as mãos.
– Irei aonde quer que fores – respondeu-lhe o cão.
– Que queres, pois, animal maligno?
– O osso duro em que se prende a carne.
– Se é só isso que queres para desaparecer, espera um pouco, tu o terás.

Uma cabra pastava na pradaria vizinha. A moça foi até lá.

– Dá-me um cabrito, por favor, boa mãe, preciso de seus ossos.

– Com prazer – respondeu a cabra –, mas vê como meu pasto está amarelado e pedregoso. Traze-me primeiro algumas folhagens viçosas.

Sob o sol a pino havia uma árvore alta. Correu até ela.

– A cabra quer refestelar-se com tuas belas folhas. Árvore, sê generosa, enche meus braços abertos!

– Olha meus galhos, estão vazios. Vai pedir a Deus uma boa chuva fresca. Quando eu reverdejar, dar-te-ei minhas folhas.

Ela foi procurar Deus em sua caverna azul.

– Senhor, tudo está secando. Tua filha suplica-te que regues teu jardim!

– Apenas o tambor tem o poder de reunir no céu as nuvens. Faze com que ele bata e a chuva cairá.

A moça retornou ao povoado.

– Ao trabalho, batedor de tambor, toca para mim o canto da chuva!

– Não posso, meu coração está partido. Amo tua irmã caçula. Ela vive fugindo de mim.

– Irmã, irmã! – gritou a moça trotando até sua choça pontuda.

– Só me entregarei de corpo e coração num cavalo de pescoço negro – respondeu-lhe a desejada.

A moça procurou até a noite. Entre a lua e o sol apareceu um belo garanhão. Matava a sede no riacho. Ela acariciou-lhe o pescoço.

– Vem levar minha irmã ao amor.

Ele lhe respondeu, com o focinho na água:

– Irei aonde quiseres se arranjares um frango depenado para saciar-me a fome.

À noite numa ruela ela viu uma ave careca que ciscava numa soleira obscura. Entrou, descobriu um homem ocupado em comer sua sopa.

– Olha, não tenho nada para te dar. E, contudo, homem, por favor, quero tua galinha de asas magras.
– Se fizeres amor comigo, amanhã à aurora ela será tua.

A moça despiu-se, deitou-se no fundo da choupana, abriu os braços, abriu as pernas, acolheu o homem em seu ventre, fez com que gozasse, gozou também. De manhã eles se desuniram.

– Quer voltes ou não – disse o homem –, bendita sejas. Pega o que quiseres.

Ela partiu com a galinha. O cavalo foi até a casa da caçula, a caçula até a casa do tocador, o tambor inflou as nuvens, Deus abriu-as, a chuva caiu, logo a árvore reverdeceu, a cabra devorou as folhas, ofereceu à moça um cabrito. O cachorro ganhou seu osso de pernil.

Já é tarde, meu conto está com sono. Que na orelha ele durma bem, que na boca ele acorde como o sol numa manhã nascente.

# O rapaz que tinha três amores

Eram três rapazes de coração luminoso. Seus olhos eram naturalmente risonhos, seus peitos largos e suas coxas reluziam como o mármore negro. Numa manhã verde e azul sob um sol contente juntos se dirigiram à casa do rei.

O primeiro disse:

– Senhor, empresta-me teu cavalo. Deixa-me ir e vir em suas costas. Quando eu tiver feito isso, minha vida será como uma taça transbordante de um poderoso destilado. Poderás me matar.

Trouxeram-lhe a montaria real. Saltou sobre a sela, esporeou os flancos, foi, voltou, pôs as botas em terra. Um sabre abateu-se sobre sua cabeça inclinada. O rei mordiscou duas nozes.

– Tu, que queres? – disse ao segundo rapaz.

– Senhor, quero jantar o cordeiro mais tenro que houver em teus pastos. Quando eu tiver feito isso, meu corpo estará pleno como um cofre de rico. Poderás me matar.

Foi logo servido em uma toalha branca. Comeu, enxugou os lábios e o queixo, levantou-se e sorriu. Um sabre atravessou-lhe o coração e a omoplata. Então diante do rei aproximou-se o terceiro.

– Senhor, amo tua filha. Quero deitar-me esta noite em seu leito. Quando eu tiver feito isso, terei chegado ao limiar do paraíso. Poderás me matar.

O rapaz foi conduzido a um quarto vermelho. A princesa estava nua ao lado de um leito profundo. Desde a boca até o umbigo ele passeou os lábios, abriu-a, possuiu-a, fez com que gozasse cinco vezes. Quando os rouxinóis se puseram a cantar na aurora pálida:

– Estou ouvindo meu pai chegar! Oh, meu amante perfeito, foge! – disse ela.

Ela abriu a janela. Ele partiu descalço na relva molhada.

Perto da hora do meio-dia, o caminho transformou-se num lamaçal às margens de um vasto rio. Avistou, sobre uma rocha, uma moça e sua mãe. Choravam nas mãos, contemplavam a outra margem e continuavam a soluçar. Com a voz entrecortada disseram ao rapaz atônito:

– Eh, como atravessar sem perder braços e pernas entre os crocodilos e os hipopótamos?

O rapaz debruçou-se sobre seu reflexo na água.

– Grande rio – gritou –, qual o preço por uma canoa e dois remos potentes?

O rio respondeu:

– Meu rapaz, muito pouco. Uma vida, nada mais.

A moça aproximou-se, tomou a mão do rapaz e disse com uma voz quase inaudível:

– Vamos até o mato.

Rapidamente arrastou-o para a penumbra fresca. Tirou a camisa. Disse-lhe:

– Possui-me. Teu rosto me agrada, teu corpo cheira a alcaçuz e teu bastão carnudo aquece minhas entranhas.

O prazer que sentiram fez voar um bando de rolinhas. Quando ela estava se vestindo:
– Que amante és tu! Ofereçamos minha mãe ao rio e atravessemos as águas. Irei aonde quer que fores. Serei tua criada.

Quando retornaram à margem a velha já afundava na corrente chorando e dando adeus aos pássaros brancos. Uma piroga apareceu. Acostou-se na relva. Nela entraram. Ela logo os levou para a margem longínqua.

Quando os fogos da noite começaram a se levantar no horizonte oeste, um povoado apareceu por entre os baobás. O chefe acolheu-os. Era velho e gordo. Só tinha um dente na frente da boca, mas em seus olhos brilhavam duas luas maliciosas. Estendeu ao rapaz uma coxa de boi e lhe disse:
– Viajante, estou no final da vida. Morrerei com prazer, mas preciso assegurar o futuro. Estás vendo aqueles três caldeirões? Darei meus bens, meus poderes e minha filha a quem adivinhar que objetos escondem seus ventres de ferro.

O rapaz respondeu:
– Amanhã, se Deus quiser, tentarei minha sorte.

Saciou a fome e foi até o jardim saudar as estrelas. A filha mais velha do chefe veio se sentar perto dele. Disse, com os olhos voltados para o céu:
– A noite também é bela sob os lençóis de minha cama.

Colaram-se à noite, descolaram-se à luz da aurora. Ela suspirou. Disse:
– Meu amante valoroso, serás hoje o rei deste povoado. No primeiro caldeirão estão três cabelos meus, no segundo estão três fios de barba branca, no terceiro, enfim, meu velho pai escondeu três vene-

ráveis pêlos do ventre de minha mãe. Oh, trepemos mais uma vez antes que o sol atravesse as cortinas!

– Sete anos! – disse-lhe o chefe, sentado sobre seu estrado, enquanto a assembléia entoava vivas. – Durante sete anos, meu filho, estes caldeirões ficaram tão mudos quanto Deus. A ti eles falaram. Bendito sejas. Toma meu lugar.

Deu-lhe seu cetro e seu chapéu de pérolas. Então por entre a multidão um Espírito aproximou-se. Apenas o rapaz o viu. Era transparente, mas seu rosto era severo.

– Durante todo o caminho segurei tua mão até o momento afortunado em que te encontras hoje – disse com uma voz folhosa entre os galhos baixos. – Eis-te alçado ao topo de tua vida. Que me darás em troca de teu êxito?

– O que é meu te pertence. Toma tudo o que desejares, ó velho pai impalpável!

– Meu rapaz, de tuas duas mulheres, levarei esta noite ao fundo do bosque sagrado aquela que te amou mais do que à própria mãe. Ela terá filhos invisíveis e poderosos. Eles ajudarão teus filhos, mais tarde, em outros caminhos.

Dito isso, desapareceu num grito de pássaro preto. Meu conto o seguiu. Se pousou em tua casa, bendiz a rajada de vento que abriu a janela.

# Quem

Um rapaz e uma amiga estavam passeando nas margens de um rio. Seus corações batiam em segredo. Mil sóis amorosos brincavam com a água do rio. O rapaz não dizia nada, a moça espreitava anjos entre a terra e o céu. Caminhando ao longo dos juncos ele quebrou um ramo verde, afiou-o com a ponta da unha.

– Que farás com isso? – disse ela.

O rapaz, com um gesto rápido, picou-lhe a nádega esquerda. Ela deu um grito de pássaro, deixou-se cair na relva.

– Vem – disse ela. – Possui-me.

Quem foi o primeiro a querer? Qual dos dois desejou o outro? Ele em cima dela, ela em cima dele, quem foi rei, quem foi mendigo?

Fazes perguntas demais. Com uma lança tesa ou com uma caverna, quem te fez tal qual és?

MUNDO ÁRABE

## *Os pais do coração do mundo*

O Pai um dia modelou a Terra. Dentro dela pôs um casal humano. Os dois viveram então no coração secreto do mundo, ignorando os sóis, as árvores, as estrelas, o azul do ar, os montes. Cada um deles era para o outro um espelho cativante. Sentiam-se semelhantes.

Ora, numa manhã escura, quando se acotovelavam perto de uma fonte negra, suas têmporas se chocaram.
– Você me machucou – disse o homem.
– Estou com sede, saia daí – respondeu-lhe a mulher.
Ela o empurrou com os ombros. Ele a agarrou pelos cabelos. Ela lhe arranhou o rosto. Ele rosnou, esbofeteou-a . Ela caiu. O cordão que lhe cingia a cintura se desfez, sua roupa se abriu. Ele viu suas coxas nuas, seu triângulo aveludado, sua fenda. Espantou-se. Sua mulher nada tinha no lugar em que, de repente, ele começava a sentir comichões estranhos. Debruçou-se sobre ela, cheirou, apalpou, depois enfiou o dedo e disse:
– É quente. É macio.
– É bom – ela respondeu.

Ela também o tocou. Ele murmurou, emocionado:
– Oh, aí onde está sua mão, está me nascendo um chifre. Sente como é duro?
– Ele palpita. Um coração bate dentro dele. Está vivo.
Seus alentos se misturaram. Ficaram oito dias um dentro do outro, gozando.

Passados nove meses, quatro meninas nasceram. Passados mais nove meses, foram quatro meninos. Todos os anos, quatro crianças saíram do ventre de sua mãe e povoaram a caverna no centro da Terra. Mal se afloraram, ao acaso das trevas. Não se viram. Não se conheceram. Quando perfizeram cinqüenta, as moças partiram juntas, em direção ao norte, e os cinqüenta rapazes armados de facas retas tomaram o rumo leste.

Sete anos sob os rochedos as moças caminharam. Um dia, por cima delas, avistaram um pedaço de céu. Escalaram uma chaminé cinza, saíram ao sol, abriram os braços, respiraram o ar que atravessava as árvores. Os rapazes na escuridão espessa erraram, com as costas curvadas. Após sete anos viram uma luz azul no fundo de um túnel. Correram. Um vento fresco banhou-lhes o rosto. Chegaram à beira de uma falésia abrupta. Ali permaneceram por muito tempo, lado a lado, contemplando as brumas de infinita beleza.

Continuaram seu caminho. Chegaram certa manhã à margem de um rio. Na outra margem havia seres feitos como eles: as moças. Gritaram-lhes:
– Aproximem-se da margem, mal podemos vê-las.
– Somos seres humanos – responderam as irmãs –, nascemos sob a terra. E vocês, quem são?

– Seres humanos, como vocês! Gostaríamos de saber quem criou o mundo.

– Perguntamos à relva, às estrelas, elas nos responderam que eram nossas semelhantes, sábias como nós, como nós ignorantes!

Os rapazes disseram ao rio:

– Como fazemos para atravessá-lo? Por que não podemos caminhar sobre suas costas?

O rio respondeu:

– Sou a água benfazeja. Amem-me, vocês entenderão. Subam em direção à minha nascente. Um passo lhes bastará, crianças, para me atravessar.

– Moças, sigam-nos! – gritaram os rapazes brandindo as armas.

Todos se puseram a caminho, cada grupo em sua margem.

Alcançaram as corredeiras, o remanso, a nascente.

– Está quente, vamos nos banhar – disseram-se os rapazes.

Suas roupas jogadas se prenderam aos arbustos. As moças, assustadas, afastaram-se da margem. Três, porém, voltaram, atraídas pelos risos e pelo desejo confuso que lhes aquecia o ventre. Esconderam-se atrás de uma rocha coberta de musgo.

– Vejam, irmãs – disse uma –, eles têm entre as coxas uma coisa esquisita.

– Olhem o peito deles, é chato – disse a outra.

– Oh, como bate meu coração – murmurou a terceira. – Vocês também estão sentindo essa agitação que me invade?

Os rapazes, pingando, voltaram para a relva.

Brincaram. Disseram-se:

– Juntemos cascalho, ergamos um povoado, assim dormiremos melhor que no frescor das noites!

Levantaram a cabeça. Disseram aos olmos, aos carvalhos, aos pinheiros, à amendoeira:

– Por favor, dêem-nos galhos, folhagens, precisamos deles para cobrir nossas casas.

Enquanto eles agiam, as moças arriscavam olhares interessados para o limiar do bosque, colhendo aqui e ali amoras silvestres.

– Que estão fazendo? – diziam elas.

– Estão empilhando pedras, preparando pilares de madeira.

– Vamos ver mais de perto – disseram as três atrevidas.

Entre os rapazes do povoado havia um ser bruto. Vivia afastado, estava sempre carrancudo, era rapace como uma águia e peludo como um urso. Viu as audaciosas andarem prudentemente ao longo das paredes escuras. Pulou-lhes em cima. Elas fugiram berrando. Os rapazes, vendo-as saltar os arbustos, correram atrás delas. As irmãs das perseguidas vieram até a orla do bosque. Precipitaram-se na frente do bando. O combate fez com que mil pássaros atarantados voassem. Foi violento e breve. As roupas arrancadas exibiram seios e sexos. As moças se abateram sobre os corpos dos rapazes. Sentiram imediatamente crescer entre seus ventres uma coisa desconhecida, viva, veemente. A medo puseram a mão e, mexendo um pouco, introduziram o membro na parte mais quente de suas coxas. Tinham derrubado os inimigos, mas quem era o vencedor e quem o vencido? A batalha acabou em gemidos de amor.

Entre as moças havia uma fêmea brutal. Amou o selvagem. Os dois se retiraram e foram viver na floresta. Deles nasceu a tribo dos ogros e das ogras. Nós nascemos dos outros. Quem criou o mundo? Desde a noite dos tempos, a relva, as estrelas nos respondem que são nossas semelhantes, nossas irmãs, sábias como nós, como nós ignorantes.

# O lavrador de campos molhados

Eram três irmãos valorosos. Um era pedreiro, outro marceneiro, o mais jovem (e mais astuto) lavrador de campos molhados. Quando o pai morreu, fecharam a porta, jogaram fora a chave e puseram os caminhos do mundo sob os pés.

Caminharam quatro dias. Um povoado surgiu à sua frente. Na praça havia uma casa branca com um portão de ferro ornado de ferragens azuis. Entraram no pátio. Um homem à sombra de uma figueira lia um grande livro quadrado. Era o juiz do lugar.
– Que a paz esteja convosco, senhor, procuramos trabalho.
– Meu bom-dia. Que sabeis fazer?
– Sou pedreiro – disse um.
– E eu, marceneiro.
– E eu – disse o caçula –, lavrador de campos molhados.
O homem franziu o cenho.
– Mas que diabos de profissão é essa?
– Aconselhai-vos com vossa esposa. Ela saberá o que fazer comigo.
Veio a mulher. Era jovem. O velho juiz tomou-lhe a mão.

— Querida amiga, esclarece-me. Desses três jovens que vês, dois me parecem de valor, mas o terceiro me deixa confuso. É (segundo afirma) lavrador de campos molhados.

— Oh, era exatamente o que eu estava procurando — disse a bela, com as faces coradas. — Que venha aos meus aposentos, eu lhe arranjarei trabalho.

O juiz coçou as barbas, perplexo como um surdo entre rouxinóis.

— Se sabes como empregá-lo — disse-lhe, beijando-lhe os dedos —, leva-o contigo e faz bom proveito.

O jovem foi instalado num belo quarto de janelas fechadas. À noite a esposa veio com frutas confeitadas e chás raros. Sentou-se na cama, mordiscaram, beberam. Finalmente ela pediu:

— Jovem, pensa e adivinha. Que pressentes dos segredos que não posso contar?

— Sob teu vestido há uma preciosidade. Eu a colherei de bom grado.

— Ao trabalho, lavrador — disse a jovem.

Despiu-a, deitou-a e amou-a durante três horas inteiras. Por pouco os sentidos não a abandonaram. Ela ousou, para o máximo de prazer, obscenidades inéditas, galopou até o fim do mundo e voltou a toda a brida. Quando tudo foi dito, feito e refeito:

— Lavrador de campos molhados, contrato-te para sempre — disse ela.

Ele respondeu:

— Lamento, senhora.

— Fica ao menos o tempo de uma lua, ó provedor de lembranças! Como recompensa te darei uma ave que põe ovos de ouro.

Durante um mês pôs a esposa de bruços, de pé, de lado, de quatro e de cabeça para baixo. Feito isso, disse a seus irmãos:
– Meu trabalho chegou ao fim. E o vosso?
– Terminado.
– Então, partamos. Que Deus nos guie!
De manhã bem cedo ganharam a estrada.

Viajaram cinco dias. Entraram num povoado. Uma ruela ensolarada conduziu-os à morada de um comerciante pançudo como um ganso. No pátio, empregados escovavam um casal de cavalos. O homem comia figos secos à sombra azul de uma oliveira.
– Que Deus abençoe essa casa. Tendes trabalho para nós? Meu irmão mais velho é pedreiro, o outro marceneiro, e eu, para servir-vos, lavrador de campos molhados.
– Compreendo – murmurou o gordo.
Era só um modo de dizer. Parecia desorientado.
– As senhoras geralmente apreciam meus talentos – acrescentou o rapaz, com um sorriso envolvente e uma piscada cúmplice.
O comerciante aquiesceu. Queria parecer informado. Arriscou.
– Entendo.
Continuava a ser, evidentemente, um modo de dizer. Chamou a mulher.
– Tenho aqui alguém para ti. Faz não sei bem o quê, uma espécie de trabalho em jardins úmidos.
– Oh, compreendo – disse a esposa, com um lampejo nos olhos.
Incontestavelmente enxergava mais longe que o marido. Conduziu o rapaz a seus aposentos. Estava na idade ambígua em que "ainda" e "já" têm o mesmo peso. Apesar de sua beleza, o espelho às vezes

a inquietava. Em suma (como esclareceu imediatamente depois de fechada a porta), não tinha tempo a perder. Corada, despiu-se.

De manhã, sobre a cama quebrada, com o corpo queimando, o rosto no chão e as pernas no travesseiro:
– Oh – disse com voz langorosa –, meu lavrador estupendo, pega tudo o que desejares. Nada poderá pagar a noite das noites que acabei de viver contigo. Que queres? Meus gatos? Meu marido? Meu passado? Meu futuro? Minha casa e suas vinte criadas?
– Aquele cavalo de ouro que estou vendo ali seria uma bela lembrança – disse ele, fechando o cinto.
Ela ergueu um dedo lânguido.
– Que se cumpra teu desejo. Pega-o, é teu – disse ela.
O pedreiro e o marceneiro fizeram seu trabalho por dez vinténs, após o que, ao raiar do dia, os três tomaram a direção do vento.

Depois de seis dias de céu azul chegaram a um povoado com as fachadas parte na sombra, parte em plena luz. O chefe era um velho soldado com cicatrizes veneráveis. Em seu jardim havia três árvores inclinadas sobre um poço perfumado. Sua vasta morada era fresca. Também o era sua esposa. Recebeu os viajantes na soleira da sala de jantar.
– Lavrador de campos molhados? – disse franzindo o emaranhado de pêlos que lhe ornava o alto dos olhos. – O senhor por acaso é estrangeiro?
– Senhor – respondeu o rapaz –, sou útil somente às mulheres.
– Sim, era o que eu imaginara. Vá então consultar a minha. À esquerda no fundo do corredor.

O lavrador dirigiu-se imediatamente para lá. O que ali fez, só o viram duas pombas empoleiradas numa gaiola de prata. De manhã, com o lençol na cabeça e as coxas ao sol:

– Bendito sejas, perverso magnífico! Pensar nesse fogo de onde acabo de sair me faz (Meu Deus!) gozar de novo. Vai, jamais te esquecerei.

Era romântica e devota.

– Pelo teu trabalho e pelo meu prazer, toma isso – disse ainda.

Indicou, no sofá, uma boneca de bochechas douradas. Em seus olhos havia dois diamantes, e alguns outros, no canto do nariz, imitavam pintas. O rapaz disse:

– Obrigado, senhora.

Descansou três semanas. Feito isso, numa bela manhã rósea, disse a seus irmãos mais velhos:

– De agora em diante seguirei sozinho. Adeus!

Após sete dias de estrada principal entrou numa cidade de torres quadradas, com muros largos, altos minaretes triunfantes à luz do meio-dia, mercados pululando de ladrões, de comerciantes ardilosos, de asnos cinzentos, de comadres e de exploradores. Uma princesa solitária reinava sobre esses lugares opulentos. Seu marido morrera havia pouco. Sob as janelas de seu quarto havia um alojamento discreto. O rapaz alugou-o por alguns vinténs de cobre.

Chegada a noite, empunhou seu velho tamanco de andarilho e se pôs a bater na parede. Assim fez a noite inteira. De manhã a princesa chamou sua criada.

– Quero saber que infeliz ousou martelar minhas têmporas do crepúsculo ao cantar do galo. Exijo desculpas tão solícitas quanto tu. Vai logo, Magrelinha, e volta me trazendo notícias.

A outra foi trotando até o vizinho.

– Como? – disse o lavrador. – Incomodei tua senhora? Desgraçado de mim! Que fiz esta noite? Vês aquela ave ali pousada? Põe três ovos de ouro por dia. Tal arte, porém, exige a amizade da lua, eis por que trabalhei na hora em que a senhora costuma dormir. Apresenta-lhe minhas escusas.

Magrelinha juntou as mãos diante daquela espantosa maravilha, ficou um momento boquiaberta, depois voltou ao quarto onde penteavam a jovem senhora diante de um espelho apaixonado.

Contou o que vira.

– Ovos de ouro, realmente? Três por dia? – disse a princesa. – Quero essa ave. Vai, compra-a e volta.

A criada correu, apontou a obra-prima perguntando seu preço e ficou esperando, com a respiração curta.

– Não vendo, dou – disse o lavrador de campos molhados. – Quero ver os seios da senhora. Que ela os descubra diante de mim, e eu lhe oferecerei a ave embrulhada para presente.

Magrelinha, ofegante, reproduziu com algumas frases entrecortadas e roucas a condição *sine qua non*. A princesa ficou transtornada.

– Oh, que insolente! Estou morrendo de vergonha! Jamais! Assunto encerrado, não falemos mais nisso.

Afastou-se e pensou, voltou, hesitou e acabou dizendo:

– Bem, se esta ave é preciosa a ponto de botar milagres, vale a pena fazer um sacrifício. Esse rapaz, tu que o viste, é pelo menos bem apessoado? Exijo de qualquer maneira (diz-lhe isso) que fique a uma distância decente. Acabemos logo com isso. Vai buscá-lo.

Na mesma noite a ave reinava sobre a cômoda.

No dia seguinte de manhã:
– Este homem é um demônio, vou mandar enforcá-lo! Meu Deus! Ouviste a barulheira que fez? Diz-me, o que ele andou fazendo? Tu sabes, Magrelinha? Uma nova obra-prima? Achas mesmo? Tens certeza? E o que estás esperando então? Deus do céu, como ela é lerda!

Magrelinha foi, Magrelinha voltou, com o rosto extasiado.

– Senhora, um cavalo de ouro! Por um preço ínfimo. Ele quer ver (nada mais que isso) suas pernas até o alto. Nuas, evidentemente.

– Muito desagradável. Esse rapaz vai acabar me irritando. Enfim, já que é preciso! Mas não me disseste nada. Estou aqui, no meu quarto. Ele chega. Distraidamente ignoro sua presença, ele olha e vai embora. Entendeste bem? Vai logo, tenho muito a fazer.

Ao lado da ave logo foi parar o cavalo.

De manhã:
– Ele é louco! Martelou muito mais forte do que nas duas noites passadas. Fico me perguntando o que pode ter feito. Bem, não pensemos mais nisso, não quero saber. Magrelinha, cala-te! Fica aqui! Está bem, tu vais, voltas, eu, de qualquer jeito, não irei mais longe!

Pelos olhos de diamante foi até a cama. Pela boneca dourada deixou-se lavrar. Pelo prazer, enfim, deixou-se esposar. A cidade ganhou um novo príncipe. As núpcias duraram sete semanas.

Para lá fui, de lá voltei. Lá cantei. Atiraram-me na fronte um osso de galinha, entre os olhos me feriu. Desde então, menina, eu te vejo aonde quer que vás, onde quer que estejas.

# O *canteiro de salsa*

De quem as mulheres falam entre si? Dos homens. De que falam os homens durante o chá? Das mulheres, de seus corpos, do desejo que por elas sentem, às vezes de sua virtude, de sua perversidade, da vida que lhes imaginam e daquilo que nunca poderão saber.

Assim, numa noite de verão, três amigos conversavam fumando e bebendo, sentados no terraço de uma casa de chá.

– Minha esposa? – disse um. – Oh não, não creio que me seja infiel! É de um pudor de fazer inveja a um santo. Um pinto macho basta para fazê-la corar. E quando vê o galo, no nosso quintal, cobre o rosto com o véu!

– Oh, que grande inocente! Oh, que pobre ingênuo! – exclamou um galhardo de olhos deslumbrantes. – As pudicas são assim: por fora, uma mesquita na hora da sesta. Mas, no fundo do coração, mil djins ardentes! A tua é bem capaz, pelo que pressinto, de sentar-se numa glande e fazer todos pensarem que está rezando!

– Cala-te, jovem porco – respondeu o marido. – Tu não a conheces!

— Aposto diante de todos que a partir de amanhã de manhã irei possuí-la em teu próprio jardim sem que vejas a mínima parte de suas pernas!

O outro, levantando a mão, apressou-se em tocar a palma estendida.

— Aposta feita, amigo!

Todos esvaziaram os copos e voltaram para casa à luz do crepúsculo.

Atrás da casa da santa do pau oco ficava a horta. No dia seguinte de manhã, mal a aurora rósea e azul começava a despontar, o intrépido Belos-Olhos esgueirou-se sob a cerca com dois amigos. Levavam uma estranha e incômoda carga: uma tampa de caixão furada mais ou menos no meio, pás, almofadas, enxadas e quatro estacas. Arrancaram sem fazer barulho um canteiro de salsa, cavaram um buraco raso do comprimento da tampa e puseram no fundo uma almofada para a cabeça, outra para as nádegas e outra para os pés. O galhardo ali se deitou. Os outros fincaram as estacas nos quatro cantos e ali colocaram a tampa perfurada. Através desse buraco o enterrado passou seu rabo de homem. As mudas de salsa foram rapidamente devolvidas a seus lugares. A atmosfera logo recobrou o perfume inocente das manhãs de julho, a não ser pela nova planta que, no canteiro das ervas de cozinha, estava de prontidão, calva, nervosa e rubra.

O marido logo veio, com os familiares, ali tomar, num banco, o café da manhã. A esposa saiu, vestida da cabeça aos pés. Foi apanhar alguns pequenos nabos para a sopa do dia, depois dirigindo-se ao canteiro de salsa viu, no meio do verde, o objeto vivaz. Na fenda do véu entre o alto da testa e o começo do nariz seus cílios bateram um pouco, mas ela não hesitou. Ajoelhou-se, arregaçou vivamente a saia e sentou-se sobre a lança com um grande suspiro de satisfação. Após o quê, mexendo-se lentamente, com as mãos postas, os olhos inundados de azul, murmurou estas palavras:

– Ó Misericordioso, atendes enfim uma antiga prece. Fizeste nascer para mim, tua criada, no meu pobre jardim, uma lanceta viva. Aleluia, Senhor! Cuidarei bem dela. Todos os dias, a partir de hoje, honrarei esta dádiva de tua grande graça. Oh, o danado está gozando, e eu também estou gozando! Por todos os séculos dos séculos, amém, bendito sejas!

O marido, no banco, mordiscava biscoitos falando das nuvens e das possíveis chuvas. Viu a mulher demorar-se na salsa, mas não deu importância. Sorriu vagamente. Como parecia humilde, assim ajoelhada, sozinha em seu jardim! Um amigo perto dele inclinou-se para o lado e disse, tocando-o com o cotovelo:

– Como chamaríamos alguém que não sabe e, entretanto, pensa que sabe, podes me dizer?

Ele respondeu:

– De louco.

Todos riram. Ele também.

# *O canto de Fahima*

Djoadi estava apaixonado. Fahima era seu suplício. A seus olhos de homem com o coração inflamado, ela era o deserto, a fonte, o desejo e o medo de amar, o alto do monte e o vale, a fome, a sede e a abundância. Sentia-se ligado a ela para sempre e, entretanto, Fahima lhe permanecia inacessível. Nunca a tocara. Não que fosse impotente ou excessivamente tímido. Seduzia sem esforço, trepava despreocupadamente e tanto sentia prazer quanto o dava àquelas que a noite levava à sua cama. Nenhuma o tinha, de fato, olhado como a um osso poeirento até aquele maldito dia em que, com a boca molhada, tinha tentado dizer a Fahima que a desejava. Ela torcera o nariz, com um ar de desdém, e virara-lhe as costas. Desde então, ele a espreitava, ensaiava palavras graciosas quando a encontrava, mas seu coração exaltado fazia sua língua tremer, e ele fugia, e se achava um tolo.

Ora, numa noite estrelada, passando pela ruela onde ela morava, viu repentinamente, lá em cima, a janela entreabrir-se. Parou, com o coração em disparada. Bela como a lua no meio da noite, Fahima apareceu à luz dourada de uma lamparina de cobre.

Quis falar com ela. Só pôde, com os olhos arregalados, engolir uma mosca. Então, sonhadoramente, ela dirigiu aos céus esta estranha canção:

*Entre dois montes havia uma tenda
esbelta, de aspecto aguerrido.
Quis porém a fatalidade tremenda
que seu mastro fosse um dia abatido.
Desde então, como um jarro sem alça e sem remissão,
nada me sustenta.
Meu ventre é como o bojo de um caldeirão
onde meu desgosto se concentra!*

Djoadi ficou extremamente pensativo. Que diabos significava esta apóstrofe obscura? Repetiu-a para si mesmo a noite inteira, virou-a e revirou-a, tentou mil exegeses, esqueceu de dormir, viu o dia se levantar e também se levantou com uma dor de cabeça de arrebentar os chifres de um cervo. Conhecia um sábio versado em textos raros e poesia obscura. Nouhass era seu nome. Era um velho eremita. Repetindo sem cessar o canto de Fahima, Djoadi foi caminhando até sua porta estreita.

Saudou o mestre e submeteu-lhe o enigma. O outro respondeu, atiçando as brasas entre as duas pedras que lhe serviam de lareira:
— Esta mulher é carnuda. Suas curvas são graciosas. Não tem marido. Ama-te, com toda a certeza.
— Profeta da felicidade, como podes ver essas coisas que estás me dizendo? — perguntou Djoadi, com o rosto pasmo.
Nouhass alisou a barba, olhou o céu pela lucarna aberta, e como se estivesse lendo no grande livro azul:

– A tenda de aspecto aguerrido só pode ser, na minha opinião, sua moita aveludada. As coxas, evidentemente, são os montes que a estreitam. "Que seu mastro fosse um dia abatido" significa que ela não tem mais um homem que lhe agrade. Ela é, pois, desde então, um jarro sem alça. Em termos claros, meu filho, sem esse grande pau curvo também chamado lança ávida de amor, sua gata está orfã. Quanto ao caldeirão, diz o que tua Fahima espera de um amante. Presta atenção, é sutil. O que se cozinha, todos os dias, em tal utensílio? A sopa de milho. E o que se faz, diga-me, para que fique cremosa? É batida com o pilão. Não com uma colher, com um ramo flexível, com um frágil palito, não: com a estaca de madeira dura empunhada com as duas mãos. Terias todo o necessário para saciar esse desejo voraz? Ela está em dúvida. Está se perguntando. É o que gostaria de saber. Na verdade, meu filho, esta é a única questão.

Djoadi respondeu:

– Ó meu mestre precioso, tenho entre as pernas um valoroso guerreiro. No calor das mais acirradas batalhas, nunca esmoreceu!

– Que o Senhor todo poderoso seja louvado! – disse o sábio. – Leve-lhe então esses versos que me vêm à boca, e logo serás um amante satisfeito.

E Nouhass recitou:

*Fahima de longos cílios, de olhar audaz.*
*Mira o demônio sob minhas vestes dissimulado.*
*Ousa acordá-lo, veja como ele faz*
*de um tímido soldado um guerreiro arrojado!*
*Aos céus se levanta ao toque mais sutil.*
*Um vigoroso pilão, não mera lança!*
*Se o teu caldeirão aprouver essa colher gentil,*
*Ó divina esfaimada, tua mão ao seu cabo lança!*

Djoadi, com os olhos fechados, saboreou lentamente o estupendo poema. Com ele deliciou-se e aprendeu-o na hora. Após o quê, beijou o manto de Nouhass, e com as bochechas em fogo dirigiu-se à casa de Fahima. Ela abriu-lhe a porta. Ele se pôs a cantar ainda na soleira da porta, sem rodeios, alto e afinadamente. Ela suspirou profundamente, seus lábios umedeceram-se. Parecia que ia desmaiar. Caiu de joelhos e disse, segurando a vara carnuda repentinamente estendida à sua frente:

– Se teu corpo souber cantar tão bem quanto tua boca, homem, passa o ferrolho e fecha as cortinas!

O que foi feito imediatamente. Ninguém ouviu, no quarto fechado, a música da cama responder aos gritos do coração, mas já na manhã seguinte Djoadi convidou os amigos para as núpcias. Foi um belo casamento, onde foram vistos ministros e poetas ricos. Nouhass foi honrado por sua sutileza. Deliciou-se com os louvores e voltou para casa, cansado da multidão, feliz por viver sozinho no repousante esquecimento das paixões humanas.

# *Zohra*

Eram sete filhas de rei. Manejavam o sabre, iam a cavalo à caça às gazelas, tinham punhos fortes e olhos arrebatadores. Cada uma delas tinha um palácio na montanha, afastado dos caminhos. Viviam sem esposos. Não os desejavam.

A mais jovem tinha por nome Zohra. Um dia em que cavalgava entre as oliveiras, encontrou um homem. Ele perseguia um cervo. Zohra estava vestida e calçada como ele, um pedaço de seu turbante cobria-lhe o rosto. Ele pensou tratar-se de um caçador. Disse-lhe:
– Que a paz esteja contigo!
Ela respondeu:
– Que Deus te ajude!
Ele espantou-se.
– Tua voz é feminina.
E olhando-a diretamente nos olhos.
– Teus olhos também são belos.
Estendeu-lhe a mão. Ela permaneceu um instante altiva diante dele, virou bruscamente a rédea, esporeou o animal e desapareceu sob as árvores.

O nome desse rapaz era Moktar El Hadj. Era o filho do príncipe. Sonhando, com a cabeça baixa, voltou para casa no passo de seu cavalo. Jantou naquela noite em casa de seu irmão de coração, Abdullah El Heïluk, filho mais velho do vizir. Relatou-lhe o encontro. Disse também como estava deslumbrado. E finalmente:
– Tu a conheces?
– Passei algumas vezes diante de sua cidadela.
– Quero-a – disse Moktar.
– Homem algum jamais tocou seu ombro. Esquece-a, irmãozinho.
– Impossível. Parto.
– Irei aonde quer que vás!
Moktar e Abdullah levantaram-se juntos, puseram o turbante negro e o sabre na cintura. Com eles, galopando sob a lua nova, foram seus escudeiros, Mimoun, o negro enorme, e Felah, o homem feliz.

À aurora chegaram ao pé de um monte rochoso. Era a hora tímida em que o sol desfaz a longa cabeleira ruiva no horizonte leste. Sobre o cimo roçado pela manhã nascente erguiam-se as muralhas do castelo de Zohra. Contornaram-no. Não havia porta. Quando estavam descendo, puxando prudentemente os cavalos pela rédea, viram uma caverna no flanco da montanha. Era escura e ampla. Ali acenderam uma fogueira de acampamento.
– Vamos esperar – disse Moktar.
E apontando lá no alto a austera cidadela:
– Tem que haver, nesses lugares, uma passagem secreta por onde se entra e sai. Se algum visitante sair, nós o veremos.
Velaram até a noite. Não avistaram nem mesmo um cão errante.

Ora, quando estavam dormindo sobre a terra batida, Mimoun levantou a cabeça e foi de repente, por entre os detritos, para as profundezas da caverna. Permaneceu um momento à espreita no escuro, depois voltou, com os olhos cintilando.

– Estou ouvindo ruídos, meu mestre. Há pessoas ali.

Todos os quatro dirigiram-se imediatamente para lá, com as costas curvadas. Um estreito subterrâneo surgiu ante suas mãos estendidas. Andaram muito tempo, hesitantes, trôpegos. Finalmente uma luz apareceu à sua frente. Correram. Uma tocha iluminava uma porta. Ela mal rangeu. Entraram sem fazer barulho num quarto nu. Diante deles, a alguns passos, havia uma tapeçaria. Dentre seus panos vinha uma luz dourada, um rumor de vozes, de risos, um tilintar de prata e de cristal. Moktar arriscou um olho. Numa vasta sala de conforto assombroso a princesa Zohra, sobre almofadas de seda, mordiscava despreocupadamente algumas tâmaras confeitadas. A seus pés havia cem virgens chilreantes de asas transparentes, com os seios cobertos por vapores perfumados. Também mordiscavam pequenas guloseimas e, rindo aos borbotões à menor palavra engraçada, mostravam suas gargantas às lamparinas.

– Olha – disse Moktar.

Abdullah olhou, sorriu e murmurou:

– Podemos recuar diante de tal paraíso?

Com as armas em punho, entraram.

Uma nuvem de passarinhas saiu voando para todos os lados, pipiando mil mortes. Apenas Zorah enfrentou-os. Pôs-se em pé.

– Homens, que quereis?

– Amor verdadeiro, senhora.

– Quem és, tu que falas?
– Chamam-me Moktar, filho de El Hadj, o Poderoso.
– Onde me encontrastes?
– Num bosque de oliveiras.
– Quem te trouxe aqui?
– A vontade de Deus.

Zohra abaixou a cabeça. Ficou um momento calada, depois seus olhos recobraram o brilho:
– Homem, prova teu amor.
– Ordena – disse Moktar.
– Tu me possuirás sob quatro condições. Todos os quatro aqui presentes devem submeter-se a elas.

Abdullah El Heïluk com Mimoun, o enorme, e Felah, o homem feliz, fizeram juntos o juramento de obedecer a seus desejos.

Ela voltou a sentar-se nas almofadas de seda vermelha.
– Meu desejo para ti, amigo de Moktar: deflora sem gozar oitenta dessas virgens.

Abdullah respondeu:
– Às tuas ordens, nobre senhora.

Desatou seu cinto e meteu-se num leito ao canto da sala. Oitenta jovens corpos foram visitá-lo. Fez o que devia sem chorar uma só gota e foi até Zohra. Ela beijou-lhe a testa.
– Meu desejo para ti, servidor de Moktar: deverás servir durante quarenta dias minha criada Mouna sem que tua lança amoleça. À menor frouxidão, diz adeus a teu mestre. Ele morrerá pela minha mão.
– Quarenta dias é pouco – respondeu-lhe Mimoun. – Não poderia ser cinqüenta?

Uma mão peluda tocou-lhe a nuca. Ele se virou, olhou e ficou pasmo. Mouna era mais alta e mais larga que ele. Com um riso tempestuoso arrastou-o para a cama.

– Meu desejo para ti, senhor Moktar El Hadj: eis meu colar de ouro. Que teu sabre carnudo o sustente durante uma lua inteira. Se ele cair, desgraçadamente para ti, não gozarás mais antes de adentrar a Cidade Alta, onde o êxtase das almas espera os seres devotos.

Assim falou Zohra. Finalmente dirigiu-se a Felah, o franzino:

– Tu nos divertirás tanto quanto desejarmos. Serás meu escravo e escravo de minhas filhas.

Todos conseguiram realizar essas prodigiosas tarefas sem grande fadiga. Como conseguiram? Durante os dias e noites de vara horizontal alimentaram-se com grãos de bico, cebolas e leite de camela com mel de rosmaninho. Se nenhum deles falhou, a esses repastos deveram a vitória. Nunca mais deixaram o palácio de Zohra. Ali viveram felizes até o fim de seus dias. Se vocês desejam, homens, deleitar-se longamente com as mulheres, saibam então o que é preciso para a saúde do corpo. Já o disse. Que Deus os guarde e os receba um dia em seu jardim perfeito, como fez com aqueles de quem contei a história.

# *Os perfumes da verdade*

Moçaïlama era profeta. Havia naqueles velhos tempos pessoas eloqüentes, falsas, perversas, quase verdadeiras, discutíveis. Moçaïlama, por seu lado, era pobre e desejava a alta estima que inspiram os príncipes e os santos. Tinha dois mil discípulos na cidade de El Yamama, todos devotos de corpo e alma. Se o amado guia de suas vidas cuspia nos olhos de um cego, antes mesmo que este tivesse enxugado o rosto, saíam gritando sob as janelas abertas que seu senhor lhe devolvera a luz. Falava alto. Escutavam-no. Repetiam à saciedade seus ditos enigmáticos. No caminho das caravanas logo começaram a comentar seu nome, suas palavras, seus atos piedosos e seus supostos milagres.

Um dia o rumor chegou a Beni Temim. Ali vivia Chedja, notável profetisa apreciada pelos mendigos. Ela também curava, segundo essas pessoas simples, os calvos, os leprosos e as cólicas verdes. Odiou esse boato vindo de El Yamama. Uma noite, no deserto, reuniu seus seguidores e disse:
— A profecia não pode ser dividida. Ou é vossa Chedja que o Todo-Poderoso inspira, ou é Moçaïlama. Nossos poderes devem decididamente se en-

frentar. Vamos, pois, até ele. Se ele sair vencedor de nosso embate, será nosso mestre. Se sair vencido, reinarei sobre ele e seu bando de escravos.

Confiou a seu irmão caçula a tarefa de levar esse desafio àquele que ocupava, a partir daquele momento, seu espírito. Ele partiu imediatamente. No dia seguinte de manhã ela partiu nas suas pegadas com cerca de mil homens.

Quando Moçaïlama soube que sua rival estava vindo a seu encontro, ficou consternado. Depressa reuniu seus mais ardentes discípulos, pediu-lhes conselho, escutou durante longo tempo seu silêncio perplexo. Nenhum deles, aparentemente, tinha a menor idéia do que se deveria fazer. Finalmente, um velho tossiu humildemente no seu punho e disse:

– Homem de bem, desfranze as sobrancelhas, pois vou falar-te como um pai a um filho.

– Irmão das árvores centenárias – respondeu-lhe Moçaïlama –, revela-me sem medo o recôndito de teu pensamento.

– Escuta – disse o velho. – Manda armar uma tenda na entrada da cidade. Orna-a com tapetes, móveis, tapeçarias e, principalmente, ó meu mestre, enche-a de perfumes. Esparge no ar o almíscar, a rosa, o junquilho, o jasmim, a laranjeira, o jacinto, o cravo. Acende aqui e ali alguns grãos de aloés e raminhos de cedro. Finalmente, quando a fumaça embaciar as lamparinas, manda trazer Chedja. Esses múltiplos aromas lhe atordoarão os sentidos, e logo verás seus olhos revirarem, seus gestos se tornarem lânguidos, seus lábios se abrirem em longos suspiros de satisfação. Nesse momento, colocarás tua boca sobre a dela, e teu corpo lhe dirá onde está o bom Deus.

– Teu conselho é sutil. Bendito sejas mil vezes – respondeu o profeta.

Pôs oitenta homens para erguer rapidamente uma casa de lona, cinqüenta para mobiliá-la e dez para inundá-la de eflúvios inebriantes. Após o quê, sentou-se no centro da tenda, numa cadeira esculpida. Chedja, que acabara de chegar, foi convidada a atravessar a cortina.

Ela era orgulhosa e bela. Seus olhos pareciam a noite do deserto. Caminhou na direção de Moçaïlama. Ele fez-lhe um discurso de sinceras boas-vindas. Chedja olhou-o. Seu olhar tornou-se lânguido, suas narinas tremeram. Ela murmurou:
– Senhor Deus, estarei no paraíso?

Não pôde impedir-se de sorrir e corar. O outro tomou-lhe a mão, que era fina e úmida. Ele percebeu que ela estava inebriada. Disse-lhe ao ouvido:
– Ó fêmea dos longos cílios!

Ela gemeu ternamente. Então ele continuou dizendo, acariciando-lhe os seios:
– Como queres gozar? De frente, de lado, sentada sobre minha lança ou como no momento da prece, com o rosto no tapete, as ancas à luz? Fala, quero amar-te como o desejares.

Chedja respondeu-lhe:
– Profeta todo-poderoso, possui-me sem demora de todas as maneiras!

Ele sentiu prazer. Ela ainda mais que ele.
– Casa-te comigo – disse ela depois que ele atirou suas flechas deliciosas.

Saíram ao sol.

Chedja ergueu a mão para que se fizesse silêncio. Disse à multidão reunida:
– Nosso debate foi longo, sincero e proveitoso. Moçaïlama meu mestre introduziu o verdadeiro Céu

no meu corpo desconcertado. Sigam-no de agora em diante como eu mesma o seguirei!

Nessa noite celebrou-se o casamento e todos se fartaram de assados, bolos e chá. Deus veio juntar-se a essas pessoas. Ninguém pôde vê-lo. Estava nos cânticos que iluminaram a aurora.

## *As crianças apaixonadas*

Era uma vez dois amigos, dois irmãos, dois gêmeos de coração. Eram sempre vistos juntos, conversando na rua, bebendo na casa de chá, jogando dados na frente da porta de suas moradas. O que um pensava, o outro dizia. Juntos procuravam, juntos encontravam respostas simples para as inquietações profundas, e seus olhos riam das mesmas alegrias. No mesmo dia casaram-se. Juntos fizeram dupla festa. À noite, de mãos dadas fizeram, cada um por sua vez, esse juramento:

– Se Deus quiser que eu tenha uma filha, se ele quiser te dar um filho, ninguém poderá separá-los. Estarão prometidos um ao outro.

Tendo assim falado, foram contentes entregar-se aos prazeres das esposas.

Passado um ano, uma menina nasceu na casa de um, na casa do outro um menino veio ao mundo, mas o céu tinha-se nublado no coração dos inseparáveis. Amigos, quase não o eram mais. Mal se saudavam quando se cruzavam na praça. As mulheres, com pequenas maledicências, tinham sorrateiramente semeado a cizânia.

— Sabes o que a megera de teu irmão me fez? — dizia uma.

Detestavam-se. E a outra, com os olhos faiscando e a língua ferina:

— Teu amigo? Nem me fale. Ele te explora. Mente para ti. Queres que eu continue? Pois bem, pobre ingênuo, hoje mesmo (Perdão, Senhor, estou com vergonha!) ele me roçou o braço.

Em suma, tanto fizeram que quando seus filhos nasceram, cruzando-se um dia diante da porta azul do mercador de babuchas:

— Minha esposa — disse um — acaba de dar à luz um menino.

— A minha também — disse o outro. — Adeus.

— Que Deus te acompanhe.

Não disseram nem mais uma palavra.

Um deles mentira. Mas era melhor enganar o mundo do que ter de dar, um dia, a filha ao lobo. Vestiram-na pois como a um menino. Levaram-na à escola. Quem lhe deu a mão, no pátio? O filho do amigo de seu pai. Acreditavam ser do mesmo sexo, nada sabiam do juramento que um dia os havia ligado e, entretanto, pareciam se conhecer desde o primeiro dia da criação.

Na classe, sentaram-se juntos. O professor, uma manhã, surpreendeu-os acariciando-se os joelhos. Quê, dois meninos? Misericórdia! Bateu neles. Eles persistiram. Quando todos estavam recitando o Corão, viram-nos beijando-se nos lábios, sentados no chão, num canto. O professor, escandalizado, pegou-os pela orelha e levou-os para a casa dos pais. Disse aos maridos reunidos a meio caminho das casas das duas famílias:

— Ou essas crianças são demônios, ou nasceram para viverem juntas. Seu amor provocaria arrepios no juiz mais intratável! Não podem ser dois meninos. Um deles deve ser uma menina.

Os pais, carrancudos, calaram-se.

Decidiram separar os apaixonados inaceitáveis. Colocaram um numa classe, puseram o outro na sala ao lado. Então, na sombra de uma pilastra, surdos ao barulho monótono das lições sobre tudo e nada, rasparam a divisória, fizeram um buraco, passaram a língua, beijaram-se assim um ano, depois aumentando a fenda aventuraram também as mãos. Nada aprenderam de álgebra, das estrelas, das leis do tempo. Acariciaram-se a testa, o rosto, a boca, os ombros. Mais um ano se escoou sem que ninguém os surpreendesse. O menino pôde passar a cabeça através da brecha alargada. A menina ofereceu-lhe o pescoço, os seios, uma coxa nua, depois o triângulo aveludado no alto de suas pernas trêmulas, e a boca, muitas e muitas vezes, e infinitas palavras de amor.

Um dia, enfim, foram pilhados em flagrante delito de delícias. O professor viu, através da abertura, um seio redondo demais para ser de um menino. Voltou à casa dos pais, chamou os maridos de lado e contou-lhes a descoberta. Deixou que acertassem as contas diante de uma xícara de chá. Disseram-se à meia voz, assim que se viram sozinhos:

— Deus cumpriu nosso juramento. Por que mentimos um para o outro?

— A mentira é filha do medo. Façamos as pazes antes que ele nos domine. Eis minha mão.

— Eis a minha.

As crianças foram casadas. As mulheres fizeram doces. Os amigos voltaram a cultivar em paz seu jardim de rosas. Benditos sejam os que ousam se amar. A vida é mais bela que nós.

*Todas as estações são boas
para semear nos campos do amor.*

*Um fio de cabelo da pessoa que amamos
puxa melhor que quatro bois.*

*A lança de meu amante era como um cajado.
Quando estava caindo, nele me segurei.*

*O amor é como a abelha.
Junto com o mel vai o ferrão.*

*Ao leite das vacas de meu marido
prefiro o do homem que me espera no estábulo.*

*O amor é um crocodilo
no rio do desejo.*

*Aquele que dá seu coração por um poço de prazer
vende o sol para comprar uma vela.*

*O amor é uma rosa
e o desejo, sua sombra.*

*Cada ser amado
é um paraíso.*

*Amor só com amor se paga.*

*Ásia*

TURQUIA

# *O que dizia a velha*

Era velha, velha! Quando os da casa se levantavam, à aurora, ela já estava de pé, diante da lareira. E quando, chegada a noite, iam se deitar, ela continuava ali atiçando as brasas. Cheirava a fumaça. À noite, as cinco crianças sentavam-se a seus pés. Apertava-as contra si. Elas nada perguntavam. Ficavam esperando que falasse. Ela rezava um pouco. Finalmente realizava o desejo secreto das crianças. Dizia, rindo:

– Aqueles dias estão mortos, crianças! Para que relembrá-los?

– Porque estamos aqui, só por isso, vovó!

Ela suspirava, radiante:

– Ó meus filhos, meu vivos!

Contava sempre os mesmos velhos casamentos, e por trás do rosto daqueles que a escutavam movimentavam-se confusamente idas e vindas, estranhas meias palavras, cerimônias graves. Quem decidia, naquele tempo? As mulheres maduras. Quatro dessas matronas iam à casa dos pais da moça escolhida. A futura noiva servia-lhes café, e por mais que lhe dirigissem a palavra devia permanecer muda, com os olhos baixos, corando de vergonha. "Um anjo caído do céu" – assim diziam as casamenteiras se a achassem suficientemente humilde, suficientemente ingênua e reservada. Então a transação ficava concluída. O pai do rapaz enviava aos pais da noiva três peças de ouro, um xale, um véu e um anel. O noivo ainda não tinha visto a noiva. Seria bonita, feia, alta, baixa? Ele sonhava. Ela também.

Certas noites ele dizia às pessoas da família:

– Vou dar uma volta.

Tentava parecer natural, mas todos já sabiam. Perfumava a cabeça, endomingava-se, punha botas, roupa bordada, punhais na cintura, e corria à casa da noiva. A mãe da eleita oferecia ao futuro genro amêndoas e uvas passas, que ele nem tocava. Ficava sem falar, engasgado de vergonha. Então, traziam-lhe a prometida, com o rosto velado, e quando estavam sentados um diante do outro as amigas levantavam, dando risadinhas, com malícia furtiva, o tecido que escondia o semblante secreto. Às vezes deixavam-nos sozinhos um momento, e a futura mulher ousava, protestando, deixar-se contemplar. Falavam em voz baixa, seguravam-se as mãos, mas sempre modestamente, pois eram vigiados por trás da cortina.

Finalmente chegava o dia das núpcias. Os amigos do rapaz iam à casa da noiva cantando e dando tiros para o alto. As amigas da moça levavam a futura esposa até o pátio. Tambores, novos cantos e danças a acolhiam. Numa carroça florida conduziam-na diretamente à casa de seu futuro marido. Ela passava o dia na companhia das velhas, e o homem festejava com seus companheiros. À noite, conduziam-na até a porta do quarto. Fechavam as janelas, acendiam um círio no meio da mesa, passavam o ferrolho na porta. Finalmente estavam sós. Finalmente ela era mulher.

A velha calava-se. Sorria, sonhadora, e as crianças diziam:
— E o que faziam eles, vovó?
Então ela cantarolava, ninando os pequenos:

*Teu esse véu azul, tuas essas sobrancelhas negras,*
*Teus esses olhos molhados, esse nariz, esses lábios*
  *[vermelhos,*
*Teu esse longo pescoço alvo, esse seios que minhas*
  *[mãos tocam,*
*Tuas essas ancas macias e esse ventre sedutor,*
*Teu sob o umbigo, esse cofre de Cipreste.*
*Mas a chave que o abre, ó destino bem-aventurado,*
*É minha, minha bem-amada, minha, minha,*
  *[minha!*

ÍNDIA

# O verdadeiro Deus

Quando Brahma, nosso ancestral, acabou de criar esse mundo terreno e o mundo dos deuses, dos sábios, dos demônios, quando acabou de compor todas as leis do universo, das idades da vida e das eternidades, quando acabou de casar as grandes ilusões, o falso com o verdadeiro, o bem com o mal, a sombra com a luz, levantou os olhos e contemplou sua obra. Viu então no céu o sol crepitando. Ele tomava todo o espaço. E Brahma, nosso ancestral, debruçando-se sobre a terra, viu as árvores queimando sob o astro incandescente, viu em todos os lugares os animais e os Espíritos da água, a vegetação, os cascalhos e os Espíritos do ar mirarrem, queimarem e se transformarem em poeira. Viu os lagos ferverem e se inflamarem as mãos no fim dos braços estendidos de seus filhos humanos. Seu coração ficou abalado. Desviou o rosto. Seu olhar encontrou o oceano tenebroso.

Sobre as ondas imóveis um Ser estava deitado. Era de um dourado de manhã recém-nascida, mais belo que a vida e mais puro que o Vazio, tão doloroso, desejável e bem-aventurado, em suma, quanto o próprio amor. Brahma abriu a boca e disse:

– Quem és?

O outro acordou, sentou-se sobre a água negra, esfregou os olhos, olhou em volta, avistou Brahma na margem. Um sorriso logo iluminou seu rosto. Disse, despreocupado, abandonando a cama:

– Oh, bom dia, caro ancestral. Sou Narayana, a alma do universo.

– Será que entendi bem? – respondeu-lhe Brahma, com o olhar subitamente severo. – Essa saudação negligente é dirigida a mim? Sem dúvida ignoras quem tens à tua frente. O criador de tudo, o destruidor do resto, o ser dos olhos de lótus, o espírito dos mil mundos, e o indubitável autor do conto que nesse instante um homem está escrevendo para nós, eis quem sou! Tua familiaridade, saiba-o, não me agrada. Estás louco?

O outro se pôs a rir, tirou do rosto uma nuvem passageira que o encobria e disse, com a fronte tão levantada que os fogos do sol nela se refletiam:

– Escuta, ó temerário! O inventor do centro e da periferia, o pai inabalável, o soberano dos deuses e o onipresente sou eu, Narayana. Teu corpo, tua aparência, o ovo no qual foste gerado entre as galáxias, e os vazios impensáveis, e as constelações, ó filho, tudo é obra minha. Aceita, e sejas feliz sob meus olhos indulgentes.

Brahma rosnou e os mundos estremeceram. Narayana rugiu. Seus olhares furibundos fizeram com que estrelas medrosas fugissem em todas as direções.

Quando estavam curvando as costas para pular um sobre o outro, elevou-se repentinamente entre seus corpos retesados uma vara de fogo. Juntos recuaram e levantaram a cabeça.

– Se és de fato sábio – gritou Brahma, o Ancestral –, fala! Dize-me de onde veio esse falo horrendo!

O outro respondeu-lhe:

– Se é verdade que és o Pai da vida, dize-me em que lugar secreto está plantada essa glande que se eleva até onde minha vista infalível não pode alcançar!

– Saberemos em breve – disse Brahma –, ó meu irmão! Subirei até o cimo vermelho desse sexo inflamado. Toma o caminho inverso e mergulha até sua raiz. Assim saberemos de onde ele vem e para onde vai!

Ágil como o pensamento, Brahma subiu mil anos. Narayana, potente como mil universos, mil anos desceu, como uma flecha, nas brumas opacas. Nada acharam, nem ventre nem cimo. Então os dois fizeram o caminho de volta. Ambos se prosternaram e disseram:

– O que é isso?

A vara prodigiosa fremiu.

– Eu sou – ela respondeu.

E todos a escutaram. E sobre o grão de areia onde viviam os seres humanos o sol serenado apaziguou-se no céu, as árvores reverdeceram e as pessoas espantadas puderam ver suas almas lá onde nasce o infinito.

# Os *amores de Krishna*

Um rei, numa noite de inverno, chamou seu poeta entre todos preferido. Disse-lhe:
– Fala-me.
O homem sábio sentou-se numa cadeira baixa e contou-lhe a seguinte história:

Krishna, filho de Nanda, sonhava em seu jardim onde os jasmins se ofereciam ao doce calor do outono. E naquele dia, de repente, quando estava abandonado à brisa suave, nasceu em seu corpo um desejo novo e vivo, uma sede deliciosa, uma vontade de prazer. Então, veio-lhe à cabeça um canto. Levou sua flauta aos lábios e o vento imediatamente espalhou sua música, e cem mulheres de belos olhos levantaram as sobrancelhas nas casas do mundo. As que estavam conversando com seus companheiros ficaram sem palavras e correram para a porta, as que estavam esperando a volta dos esposos deixaram a janela, as que estavam cozinhando deixaram os fornos e, sem nem mesmo perder tempo enxugando as mãos, partiram rindo. Todas, com o coração batendo, atraídas pelo canto do desejo de Krishna, esqueceram família, filhos e vizinhança. Foram todas até o jardim do deus.

Krishna, filho de Nanda, vendo-as ofegantes ao seu redor lhes disse:

– Que fazem aqui, mulheres de seios de açafrão? A noite, no mundo terreno, apaga os caminhos. Seus pais, seus maridos, seus filhos pequenos estão procurando por vocês. Precisam de vocês. Voltem para junto deles!

As mulheres responderam:

– É por amor a ti que viemos, ó senhor desejável!

– O corpo de um deus não é um objeto de prazer. Filhas, pensem em mim, celebrem meu santo nome e rezem em suas almas. Assim vocês estarão me amando.

As amantes escutaram transtornadas essas palavras e abaixaram a cabeça, mortas de pesar. Por fim, uma ousou dizer:

– Por ti, para adorar a planta de teus pés, renunciamos às felicidades terrenas. Retribui amor com amor, ó mestre de nossas vidas!

– Que importam nossos maridos, que importam nossos filhos – disse uma outra. – Ó senhor, toda esperança de nossas almas está de agora em diante em ti!

Ainda uma outra disse:

– Roubaste nossos pensamentos, nossos prazeres de cozinha, nossas alegrias, nossos sonhos. Para que voltar, agora, ao povoado? A marca de teus passos é nosso único caminho!

Finalmente, juntando as mãos:

– Teu canto comove os bois, os tigres, os leões – disse uma jovem virgem –, inspira os melros, faz estremecer as árvores. Desgraçadas de nós, nossa razão poderia mostrar-se mais forte que nossos corações?

Krishna olhou-as, sorriu e disse:

– Venham.

Levou-as até as profundezas da floresta. Ali abraçou-as e deitou-se sobre elas, acariciou-lhes as mãos, os braços, os cabelos, beijou-lhes os seios e fez com que seus ventres rissem. Ficaram tão orgulhosas e tão cheias de si que acreditaram ser rainhas entre as mulheres, eleitas, escolhidas d'Ele que reina no Céu. Krishna percebeu sua embriaguez. Então, para curá-las, desapareceu repentinamente sob seus olhos atônitos.

Inicialmente pensaram que ele voltaria logo, depois ficaram desconsoladas, finalmente se desesperaram, puseram-se a procurá-lo de floresta em floresta, pedindo aos arbustos, à relva, às gazelas, notícias dele.

– Ó vocês que vivem somente para o bem do mundo, viram passar Krishna, filho de Nanda? Ele encantou nossos corações, ele nos abandonou!

Errando assim, um dia, elas finalmente descobriram as pegadas de seus passos. Mas não eram as únicas inscritas na terra. Outras as acompanhavam. O ciúme apunhalou-lhes repentinamente o peito. Uma entre elas:

– Ó, minhas irmãs, uma mulher conquistou seu amor!

Uma outra respondeu:

– Aqui só se vê uma pegada profunda. Oh, nosso bem-amado pegou-a no colo!

Uma outra enfim:

– Aqui ele colheu flores. Digam-me, será que enfeitou o corpo de sua companheira?

Krishna, de fato, gozava mil felicidades com a esposa eleita. E a esposa pensava: "Por mim ele deixou cem mulheres sofrendo. Sou sua preferida!" Ora, quando estavam atravessando a vau de um riacho:

– Meu amigo, por favor, leva-me às costas!

Krishna ajoelhou-se e seu corpo esvaneceu-se nas cintilações do sol na água clara.

– Onde estás, meu esposo, ó carne de minha alma, tem piedade, volta para mim!

Ele não reapareceu. A eleita conhecera mil êxtases divinos, mas desgraçadamente tinha acreditado ser a única digna de amor, e querendo que a carregassem esqueceu de carregar Deus em si mesma! Chorou com as mãos no rosto. As outras a encontraram de joelhos na margem do riacho. Com suas cem companheiras ela partiu, correndo e procurando como as outras. Erraram durante muito tempo.

Finalmente, numa noite de verão, quando estavam descansando na orla de uma clareira, ele apareceu entre elas. Todas se puseram imediatamente de pé ao seu redor. Uma tomou-lhe a mão e guardou-a na sua. Uma outra debruçou-se e ficou perto dele, com o rosto em seu ombro. Uma outra, ajoelhada, acariciou-lhe os pés com a ponta dos seios nus. Todas foram lavadas da infinita dor da separação. Então o deus sentou-se sobre os vestidos estendidos, e suas mulheres lhe disseram:

– Ensina-nos, Senhor.

Krishna lhes respondeu:

– Alguns amam se são amados. Estes nada sabem do verdadeiro amor. Traficam, nada mais que isso, prazeres e sentimentos. Alguns amam sem nada esperar. Esta é a verdadeira afeição, minhas belas, minhas queridas. E, se lhes fugi, de vocês que me amaram, foi para lhes mostrar não o amor pelos seres, mas o amor pelo amor.

Tendo assim falado multiplicou-se, e cada uma delas teve um Deus para si e o amou. Uma dançou com ele oferecendo-lhe os seios, a outra beijou-lhe a boca gemendo de prazer, uma outra tomou-lhe a mão e colocou-a sobre ela, uma outra irritou-o para excitar-lhe os sentidos. Todas gozaram enfim de prazeres infinitos, longe dos dias desse mundo.

O poeta calou-se. E o rei que acabara de escutar sua história permaneceu em silêncio, depois balançou a cabeça.

– Esse Deus – disse finalmente – é um ser imoral. Roubou essas mulheres. Elas tinham esposos, pais, filhos!

– Onde está o bem, onde se encontra o mal? – respondeu o homem sábio. – Ó rei, que sabemos do verdadeiro amor?

TIBET

# A lança silvestre

Eram os tempos remotos das lanças silvestres. Os homens tinham as suas, domésticas e discretas, mas outras viviam livres, convivendo com os gnomos e os pepinos verdes. Quem as procurasse poderia encontrá-las nas orlas dos bosques onde as mulheres se sentavam, na orla dos campos de chá. Algumas as usavam para coçar as costas, outras para estoquear as formigas errantes que às vezes se intrometiam em suas hortas secretas.

Ora, numa manhã, duas irmãs que tinham ido apanhar frutas de outono descobriram no meio da relva um desses bastões róseos. A caçula pegou-o. Era quente, vivo.
– Olha, irmã, ele está ficando maior, está ficando duro! Socorro, está me escapando! Ai, o peixe louco, está levantando meu vestido! Ajuda-me, pega-o!
– Não tenha medo, já o estou segurando – disse a irmã mais velha agachada entre os pés trêmulos da irmãzinha.
E olhando o objeto, de cima, de baixo, de frente:
– Por que tanto escândalo por causa de um campônio presunçoso? Veja como se deve tratá-lo.

Afagou sua ponta, acariciou-lhe a espinha. Ele enrubesceu, estremeceu e esticou o focinho. Elas riram de ver assim fazer o belo. A caçula fez-lhe um cachecol com os lábios, depois levou-o para brincar na noite de sua saia. Empurrou-o. Disse:

– Oh, o dardo está se entesando! Oh, como me faz bem! Oh, meus pêlos estão se eriçando! Oh, estou chorando lá embaixo! Ó meu Deus, dize-me o que devo fazer! Gozar? Tens certeza? É tua última palavra? Então aí está, Senhor.

Deu um longo grito de andorinha apaixonada. Após o quê, voltando ao mundo, como uma comadre econômica guardou o maroto em sua cesta de vime.

– Vou levá-lo – disse ela. – E, se não disseres nada à nossa mãe nem à nossa avó, eu o emprestarei quando quiseres, minha irmã.

À noite ela escondeu-o sob uma pedra chata, perto da lareira. Quando todos estavam deitados, foi buscá-lo na ponta dos pés e com o lençol na cabeça fez com que visitasse novamente o vale onde a vida tem sua fonte. Assim, durante longas noites ela inebriou-se de amor.

Ora, num dia de primavera sua avó, procurando um atiçador perdido, descobriu a flauta campestre sob a pedra da lareira.

– Ei, que diabos faz aqui essa lança silvestre? – disse exibindo-a diante de seu nariz recurvado.

Jogou-o ao fogo sem nenhum outro comentário. A menina, vendo-o tostar sobre as brasas, deu um grunhido de leitão sangrado e precipitou-se, com as duas mãos desesperadas diante de seus braços estendidos. Só pôde salvar um farrapo de carne crua. A avó lhe disse, vendo-a pálida e lamurienta:

– Estás com febre, filha?

Ela não respondeu. Foi se deitar. Nem bem se viu sob os lençóis quis enfiar o pequeno grão escapado das chamas entre as pernas abertas. Serviu-se durante muito tempo do polegar e do indicador, não sentiu nenhum prazer e adormeceu de luto. No dia seguinte de manhã, quando acordou, o pedaçinho estava colado na entrada da doce fenda. Encontrou-o fogoso, ainda que frágil e curto. Com ele experimentou em segredo novos gozos.

Logo confiou a agradável descoberta às mulheres do povoado. Elas bateram as mãos, e todas quiseram assim ornar, também, suas intimidades. Colheram, então, as varas silvestres, e desde essa época não as encontramos mais, finalmente diante do fogo fizeram o que era preciso, e é desde essa época que as mulheres têm, na entrada de seus ninhos, esse morango silvestre que lhes faz rir o ventre.

# *Os dois que se amavam de um amor proibido*

Eram os primeiros dias de vida sobre a terra. Os olhos de nossos ancestrais mal estavam abertos. Aconteceu, nessa época, numa noite de violenta tempestade, que um jovem montanhês fosse tomado de um desejo proibido com relação à sua irmã. Por milagre, por acaso, ou por artimanhas do demônio, a moça teve naquela noite igual desejo. Os dois viviam numa casa marrom no meio do verde. Fecharam a porta e as janelas, ele se despiu, ela arrancou o vestido, e enquanto lá fora os trovões rugiam, amaram-se nas trevas quentes.

Vousa, o Grande Espírito, no momento instantâneo de um raio azul viu-os cavalgando furiosamente um sobre o outro. Franziu o cenho. Uma águia pousou em seu ombro direito. O Grande Espírito, com os olhos sombrios, indicou-lhe o teto da casa culpada. Ela partiu imediatamente, atravessou as nuvens, a copa das grandes árvores, e batendo as asas no umbral da janela:
— Ei, vocês dois aí dentro, pândegos miseráveis, um irmão e uma irmã não devem brincar de bicho de duas costas! Será que vocês se esqueceram?

O rapaz respondeu, montado na moça e resfolegando como um asno na subida de um morro:

– Não diga nada a Vousa! Atrás da casa há algumas galinhas gordas. Você não viu nada. Pegue três e vá embora!

– É verdade que estou com fome – disse a águia, acalmando-se.

Olhou para o céu, hesitou um instante e foi atrás das galinhas rasando o muro.

Vousa, o Grande Espírito, esperou-a, suspirou, bufou, impacientou-se e acabou imaginando que às vezes um mensageiro pode perder-se no caminho. Pegou então com sua mão esquerda um esquilo que tremia, transido de frio na copa de um carvalho, e disse, com o indicador apontado para o local do escândalo:

– Corra até esses desgraçados, amaldiçoe-os por mim e volte para me contar.

O animalzinho partiu por entre os galhos verdes. Na soleira da casa onde os irmãos se entregavam com grandes gritos de gozo:

– Ei, seus marotos, tenham modos, que diabo! Irmão e irmã uma noite num festim de deleite, horror dez mil vidas queimando em azeite! Será que o ignoram?

A moça respondeu, ofegante, com a voz rouca:

– Esquilo, tenha piedade, nada diga a Vousa! No celeiro ao lado há sacos de milho. Caluda, boca fechada, pegue o que você quiser!

"Milho!", pensou o outro, e seus olhos se acenderam. Foi comer. Esqueceu Vousa, e Vousa esperou-o em sua tenda celeste, dando socos no ar cinza, maldizendo seus servidores desaparecidos de corpo e alma nas brumas lá de baixo.

Quando espreitava a terra, ainda na expectativa de um galope de retorno, viu um ratinho passando numa charrete. Pegou-o pelo rabo.

– Está vendo aquela casa? Um irmão e uma irmã ali estão brincando de animal duplo. Censure-os duramente e volte para tranqüilizar seu mestre que aqui está. Quero que eles se vistam e se dêem as costas!

O ratinho trotou até a sombra da parede e se esgueirou para dentro por um buraco de gateira. Sentou-se sobre o rabo e guinchou alto e forte esfregando as patas uma na outra:

– O pilão de um lado, a marmita do outro! Crianças, descolem-se, vamos lá, já é tarde!

A moça respondeu mostrando com a lança que segurava na mão o alto da prateleira:

– Estás vendo aquele pote de arroz? Sirva-se e desapareça. Mas sobretudo, por favor, silêncio no céu!

Ora, Vousa, desta vez, tinha esticado sua grande orelha triste. Ouviu, compreendeu, julgou e condenou imediatamente os culpados. Foi cutucar com a ponta da sandália um tigre que dormitava na sombra de uma densa mata.

– Devore, por mim, esses fornicadores ilegais, que eu, eu vou me deitar – disse-lhe com uma expressão sinistra.

O tigre espreguiçou-se, rugiu, galopou direto para a casa, derrubou com uma cabeçada a parede de terra batida, estacou na beira da cama, escancarou a garganta. A moça e o rapaz levantaram-se juntos, suados, com o semblante crispado, fedendo forte a amor louco.

– Tigre, tenha piedade de nós! No chiqueiro há três porcos. Estão esperando por você, estão cevados. Não serão preferíveis aos nossos corpos extenuados?

O tigre cheirou-os, depois sacudiu a cabeça, foi aos leitões e voltou saciado ao bosque que lhe era familiar. Irmão e irmã levantaram-se com o sol nascente.

E é desde esse dia que a águia gosta de galinhas, o esquilo do milho dos celeiros mal fechados, o ratinho do arroz branco do alto das prateleiras e o tigre de porcos. E é desde esse dia que nosso mundo está fora dos trilhos. Um irmão e uma irmã assim o quiseram. Ficaram com o prazer, deixaram-nos os frutos amargos de seus amores, as discórdias, os males que nos fazem duvidar de Deus. Vousa, o Grande Espírito, ainda nos ama? Quem pode saber? Talvez um pouco, talvez de modo algum.

# *Kunley, o homem-relâmpago*

Eram os maus tempos em que o demônio de Wong aterrorizava o mundo. Jantava todos os dias camponeses imundos, velhos duros, crianças gordas e vacas leiteiras, devastava os celeiros, pisoteava as colheitas nos campos cultivados em plataformas, depois ia digerir esse horríveis repastos no fundo de uma caverna exposta aos mil ventos de um monte inacessível. Tanto fez e tão horrendamente que avassalou o país. A única sobrevivente, um belo dia, em sua cabana, foi uma velha esquecida. Foi então que Kunley, o louco abençoado pelos deuses, veio até este vale. Farejou as nuvens. O cheiro do ar lhe disse que espécie de terror reinava na região.

Estendeu-se na relva. Colocou perto de si seu arco e sua espada, suas flechas e sua marmita onde havia um velho fundo de farinha amanteigada. Pegou um punhado dessa provisão rançosa, espalhou-a nas coxas e no abdômen, após o quê, acariciando seus testículos aveludados, começou a entesar-se com um vigor de dragão apaixonado. Finalmente, fez de conta que dormitava um pouco e, tranqüilo, esperou.

O demônio desceu pela senda abrupta, com o olhar sombrio, o nariz resfolegando, os punhos arrastando na terra. Numa curva do caminho avistou Kunley. Estacou. Rosnou:

– Que estranho animal!

Apalpou-o com o pé, cheirou, chamou seus diabretes escravos.

Eles vieram, borboleteando como moscas varejeiras em torno de seu rosto.

– Estou desconfiado – disse-lhes. – Não gosto nada desse indivíduo. Seu corpo está quente. Está vivo, ao que tudo indica. Entretanto, com mil trovões, não está respirando. Logo, deve estar morto. Mas não foi a fome que o arrojou ao chão. Tem ali, ao seu lado, uma marmita amanteigada. Estaria machucado? Não, não está sangrando. Entretanto, vejam, vermes fedorentos lhe saem pelo umbigo. Logo, deve estar morto há pelo menos dez dias. Mas vejam como está teso. Existe no mundo algum cadáver provido de tal lança? Tudo isso me parece extremamente malsão. Que é que vocês acham, meus danados?

– Vamos deixá-lo aí mesmo – responderam os outros. – Temos uma velha para comer daqui a pouco. Vamos nos encontrar em sua casa na hora do pôr-do-sol. Voltaremos mais tarde. Se ainda estiver aqui, saberemos exatamente o que fazer com ele!

O demônio aprovou com um rugido nebuloso. Os diabinhos se foram. Ele seguiu seu caminho.

Assim que se afastou, Kunley se pôs de pé e correu à casa da anciã.

– Mulher, que a paz esteja contigo!

Ela respondeu, exclamando, com as mãos nas bochechas murchas:

– Miséria de meus ossos! Já faz muito tempo que a paz não repousa mais em meus cabelos. Não serás tu, meu filho, que a trará de volta à minha pobre cabana! Um demônio esfaimado reina nesse país. Abocanha, engole, arrota e vai embora. É tudo que sabe fazer. Virá esta noite e me comerá crua, como devorou todas as pessoas do povoado. Antes que seja tarde demais, belo jovem, vai-te embora!

— Dá um pouco de descanso a teus pulmões e serve-me, por favor, uma pinta de cerveja — disse Kunley, sentando-se diante do fogo moribundo.

— Sobrou uma ânfora — gemeu a velha. — Bebe, e morrerás embriagado. Talvez seja melhor assim.

Ela esperou a noite acocorada junto à lareira, com a testa nos joelhos.

Quando a noite estava caindo, ouviu-se rosnar tão alto na frente da porta que penas de pássaros caíram do teto e a débil chama na ponta da vela tremeu, vacilou e se encolheu. Kunley pôs-se de pé.

— Não te mexas — disse à avozinha pálida.

Puxou sua espada flamejante. Estava teso como um rochedo no meio de uma nuvem. Entreabriu a porta. Um jato de fogo jorrou de sua glande inflamada, atingiu o demônio em plena boca e dilacerou-lhe os lábios, e quebrou-lhe oito dentes. O monstro derrubado rolou na caatinga, urrou, levantou-se, desapareceu, levantando os braços ao céu, sob a lua nova. Quase sem fôlego arrojou-se na soleira da caverna chamada Vitória-do-Leão.

Lá vivia a irmã Samadhi. (Kunley conhecera esta mulher. Ela se tornara freira na noite de seus amores.)

— Ei, santa — gritou —, olha meu rosto! Um demônio, endemoninhado como eu jamais poderia sê-lo, nele fez um buraco!

A freira escutou-o, balançou a cabeça e disse:

— Isso é coisa de Kunley. Seu gozo é fulminante, acredita-me, pois já o experimentei. Nada poderá curar esse tipo de desastre.

— Não quero morrer — gemeu o outro, tremendo. — Dize-me, que devo fazer?

— Volta ao lugar de onde vieste. Aquele que te feriu ainda deve estar cozendo sua cerveja. Promete-lhe que não atormentarás mais os vivos. Se apiedar-se de ti, terás uma chance.

O demônio voltou, com a boca sangrando, à porta em que Kunley o tinha feito comer os lábios e os dentes. Entrou de joelhos, prosternando-se aos pés do andarilho impassível.

— Eis minha pobre vida, toma-a — disse ele.

Kunley colocou as mãos sobre sua cabeça abaixada.

— Que teu nome seja daqui por diante Demônio-Búfalo-Negro. Serás, aqui na terra, o protetor das pessoas simples.

Dito e feito. A velha foi para a cama, Búfalo-Negro foi reconstruir os povoados, e Kunley prosseguiu seu caminho infinito.

# *A prece de Kunley*

De onde vinha pois Kunley? Para onde ia? Mistério. "Minha origem?" dizia ele. "A vida potente e sábia. Meu futuro? A vida. Minha esposa? A vida. O que é então a vida? Uma força que flui. E eu, eu a acompanho!" Assim, nesse mundo terreno, ele caminhava sem cessar. E caminhando, um dia, encontrou Tenzin.

Era um velho amolentado por oitenta invernos. Acolheu Kunley em sua casa tranqüila de teto esfumaçado. Serviu-lhe de beber, e remexendo as cinzas no fundo da lareira negra:
– Meus três filhos partiram, minhas filhas mais velhas também. Moram aqui apenas a caçula e minha mulher. Minha idade pesa-me cada vez mais, e aborreço-me. Creio que soube viver. Agora terei que aprender a morrer. Ensina-me, Kunley, tu que sabes, ao que parece, o que os livros ignoram.

Kunley esvaziou com pequenos goles sua cuia de cerveja, arrotou pensativamente, coçou o peito e respondeu:
– Senhor, veio-me ao espírito uma prece sagrada. É poderosa e infalível. Também é secreta. É como um abrigo atapetado com peles de urso! Irás repeti-la

sempre que meu nome te vier à mente. Ela te libertará do peso do corpo. Escuta.

E recitou:

*Que o mastro humilde e acanhado do velho*
*seja abençoado, pois é meu refúgio!*
*Ressecado, abatido, semelhante ao pau apodrentado,*
*ele é meu refúgio abençoado!*

*Que o monte mole e flácido da velha*
*seja abençoado, pois é meu refúgio!*
*Frouxo, envelhecido, gasto, danificado,*
*ele é meu refúgio abençoado!*

*Que o aríete ardente e duro do leão*
*seja abençoado, pois é meu refúgio!*
*Desdenhando a morte, orgulhoso, franco e entesado,*
*ele é meu refúgio abençoado!*

*Que o sulco de amor perfumado da filha*
*seja abençoado, pois é meu refúgio!*
*Acolhedor e gozoso, livre e despudorado,*
*ele é meu refúgio abençoado!*

O velho passou o dia a repetir e a repetir, depois serviu comida a seu benfeitor, e ambos adormeceram junto ao fogo extinto.

No dia seguinte de manhã, quando Kunley já tinha deixado a casa de Tenzin:
– Pai, dize-me – disse a filha caçula. – Que te ensinou esse louco que pernoitou em nossa casa?
– Uma prece sagrada.
– Oh, gostaria de ouvi-la! Minha mãe, aproxima-te. Fala, estamos te ouvindo.

Tenzin juntou as mãos, recitou, com os olhos fechados:

*Que o mastro humilde e acanhado do velho seja abençoado, pois é meu refúgio!*

Declamou a prece sem erro, até o fim. A caçula quase perdeu o ar e os sentidos. Corou, com as duas mãos na frente da boca aberta. Ela comentou:
– Que vergonha!
Correu ao balde d'água para lavar as orelhas. A esposa vociferou:
– Ou teu espírito está ficando embotado, ou esse andarilho dos diabos zombou de ti. Pobre diabo, que idéia é essa de declamar em família um tal rosário de inconseqüências obscenas?
– O que Kunley me disse, mulher, eu o farei. Estou na idade simples em que nada pode me atingir, nem tuas zombarias, nem o azedume velado de uma virgem triste!
Não disse nem mais uma palavra até a refeição da noite. Quando todos estavam sentados diante da sopa de centeio, Tenzin, embriagado, orou mais uma vez.
– Ah, não! – gritou a filha.
E a esposa, exasperada:
– Vai começar de novo!
Elas deixaram a mesa, e tremendo de horror se sentaram num banco ao lado da porta. Combinaram à meia voz, já que decididamente o cérebro do velho estava fedendo a manteiga rançosa, de arrumar-lhe um quarto simples num canto do celeiro. Tenzin comeu sua sopa. Compreendera tudo o que se tramava a alguns passos dele. Pegou seu colchão, jogou-o sobre os ombros e subiu no forro. Não desceu mais.

Não se ouviu dele, desde então, noite e dia, senão um murmúrio longínquo.

Certa manhã as duas mulheres, embaixo, levantando os olhos, escutaram, deslumbradas. Um canto acabara de irromper, lá em cima, sob a viga. Dir-se-ia a voz celeste de uma criança. Subiram ao sótão. Sobre a cama havia somente uma luz branca. Tenzin não estava mais lá, e entretanto ele falou. Disse, com a voz maravilhada:

– Oh, mulheres, que felicidade! A oração de Kunley abriu-me o caminho do paraíso dos puros!

A luz saiu para fora, pela lucarna. Os vizinhos do lado a viram sair voando, rodeada de pássaros, no céu acolhedor.

Um templo foi construído no local do milagre. Os que ali vão orar saem freqüentemente, ao que dizem, rindo alto e forte, sem saber bem por quê.

CHINA

# *Os amores de Lao*

Seu nome era Lao. Era jovem e pobre. Vivia simplesmente, numa casa de teto baixo ao pé de uma montanha de cimo nebuloso. Nunca saía, exceto para colher frutas silvestres e para ajudar alguns legumes a crescer em sua horta. Todos os dias religiosamente dedicava-se à arte da caligrafia. Às vezes também escrevia poemas, cantava-os para o céu, e, quando recebia alguma alegria do grande silêncio azul em que planavam os pássaros, agradecia a Deus.

Um dia, no jardim, viu duas borboletas num canteiro de alcachofras. Achou-as tão belas que estendeu a mão em sua direção. Elas bateram as asas, e volteando aqui e ali desapareceram logo depois na sombra de uma folhagem. Lao, maravilhado, acompanhou-lhes o vôo com um pensamento mudo. "Meu jardim é seu e também minha casa", disse-lhes em seu coração. "Sempre as acolherei com alegria." Compôs nessa manhã um canto gracioso em honra delas, depois até a noite passou o tempo em trabalhos de jardinagem.

Quando a noite estava caindo, sentou-se à mesa, acendeu a lamparina e abriu o caderno na página marcada com um raminho seco. Ouviu então na aléia do jardim um rumor de passos pequeninos, murmúrios, risos. Foi até a porta, entreabriu, arriscou um olho. Duas moças morenas ali estavam, na soleira. A mais jovem lhe disse:

– Viemos ver o homem que mora aqui. Ele nos convidou a visitá-lo.

Lao fê-las entrar, tremendo de um medo vago e de surpresa emocionada, indicou-lhes assentos, finalmente inclinou-se diante delas e lhes disse:

– Minha casa, senhoritas, é indigna de vocês. Que posso servir-lhes? Não tenho em meu armário nem ao menos um licor!

As moças riram escondendo a boca, depois a mais velha respondeu:

– Amigo, volte a si, por favor. Por acaso você não está ouvindo a coruja e os grilos? Por acaso é hora de beber conversando polidamente diante de alguns velhos livros? Ignora realmente por que estamos aqui?

Lao, com os olhos brilhantes, inclinou-se novamente.

– Minha cama – disse – é estreita demais para suas delicadas pessoas. Ousarei, entretanto, ali deitar-me com vocês.

A mais jovem bateu as mãos.

– Minha irmã, que a honra seja sua – disse ela. – Amem-se prazerosamente, velarei por vocês. Desejo-lhes todo o prazer que espero sentir amanhã!

Lao despiu-se, a mais velha também. Assim que ficaram nus face a face, ela tomou seu rosto entre as mãos e mordeu ternamente seus lábios esfregando-se no seu umbigo. Ele sentiu a alma de seu sangue invadir seu nervo das delícias, e inflá-lo, e deixá-lo ereto. Em cima dela trabalhou com entusiasmo, deu o que era necessário, tomou o que queria tomar, por baixo dela deixou-se levar como numa onda do oceano, depois de novo por cima ele enfiou, desenfiou, forçou e enfiou com um vigor tão vivo e tão obstinado que o sol nascente surpreendeu-os gozando pela sétima vez.

As moças partiram antes do almoço. À noite, como na véspera, voltaram a arranhar a porta, rindo. O rapaz as estava esperando. Não perdeu tempo com mesuras vãs.

Enquanto ele acendia bastões de incenso, a mais velha à beira da cama despiu a caçula, após o quê, foi sentar-se no jardim. A nova amante deixou Lao maravilhado, tais foram suas bondades para com seu bastão ardente. Cumulou-o de delicadezas, chamou-o de sua lança doce, seu caolho incansável, sua agulha de descosturar e seu bicho de pescoço longo, seu careca caprichoso, seu áries, seu nadador e seu sabre chorão, seu iluminador de caverna e seu bordão de mel. Cada nome foi festejado, todos tiveram seu batismo. Quando a segunda irmã finalmente recolocou suas roupas na manhã seguinte, a mais velha tomou-lhe a mão.

– Sei – lhes disse Lao – que vocês não são de modo algum seres humanos comuns, e temo perdê-las. Amigas, esclareçam-me. Como chegaram até mim?

As moças responderam:

– Para que essas perguntas? Você não tem de agora em diante duas esposas fiéis?

Beijaram-lhe a bochecha e de repente desapareceram atrás de um arbusto.

Durante três anos vieram ao crepúsculo, durante três anos partiram pela manhã. Depois, um dia, soldados que passavam pela montanha queimaram a casa, e Lao teve que fugir. Quando corria pelas estradas numa noite de chuva ventosa parou ao abrigo de um templo abandonado incrustado nas rochas. Para secar suas roupas molhadas, acendeu velhas achas de lenha. Viu então na parede um afresco descascado no qual estava pintada de perfil, junto a uma árvore, uma deusa. Duas amáveis damas de companhia estavam sentadas perto dela. Cada uma delas tinha na mão uma borboleta. Lao as reconheceu. Eram suas esposas. Pareciam sorrir à luz do fogo. Ficou ao lado delas uma semana inteira, falou-lhes às vezes, mas elas não vieram, à noite, encontrá-lo. Então ele partiu, e, com o passar dos anos, elas foram perdendo o viço na parede do velho templo, apagando-se também do coração de Lao.

# *Nuki*

Nuki vendia álcoois no mercado de Tchen. Tinha ali na esquina da praça uma venda acolhedora, ainda que minúscula e muito atulhada. As bebidas que servia eram consideradas as melhores da cidade. Nuki era tida, não obstante sua aparente fragilidade, como a mais competente e incansável proprietária. Mas, apesar de ser desejável e atenciosa com todos, intimidava os homens. Bastava-lhes encontrar a luz viva e incessantemente alegre de seu olhar para saber que não era mulher de tolerar mãos sujas em seu quadril.

Um dia, um Imortal apareceu na soleira da porta. Na verdade, nada o distinguia do comum dos homens. Tomou-o por um simples letrado. Era a hora em que o sol fazia faiscar os frascos nas prateleiras. Ele entrou e pediu um cálice de licor. Degustou-o olhando a rua. Após o quê, se levantou, agradeceu Nuki pela excelência de sua casa e disse-lhe que não tinha um só vintém. Propôs-lhe deixar, à guisa de pagamento, um livro que retirou da manga. Ela aceitou.

À noite, após ter colocado a porta no encaixe, acendeu a lâmpada no pequeno recinto que lhe servia de quarto, sentou-se na cama, e enquanto jantava amêndoas e uvas passas abriu o livro. Primeiro espantou-se. A arte dos gozos amorosos era amplamente comentada naquela obra. Ignorava que se pudesse escrever sobre tais temas. Uma espécie de vergonha fascinada logo aqueceu-lhe o rosto e as têmporas enquanto ela descobria, virando as páginas com um dedo molhado, as maneiras mais felizes de dar prazer, de recebê-lo, e de fazer da comunhão dos ventres uma fonte inesgotável de vigor e beleza. Nas noites seguintes decorou o texto dos cinco capítulos contidos na obra. Depois, considerando que o saber não passava de simples pó se não fosse experimentado pelo corpo e se os sentidos dele não participassem, decidiu pôr em prática aquilo que aprendera.

Retirou do quarto dos fundos da loja os frascos vazios e poeirentos que tinha acumulado ao longo dos anos e transformou-o num lugar secreto de encontros amorosos. Todas as noites convidava um rapaz para que juntos se dedicassem a esta arte que vira descrita e preciosamente ilustrada. Tornou-se pouco a pouco a amante mais desconcertante e radiosa do mundo. De dia, servindo as bebidas, exatamente como nos seus tempos de castidade, não tolerava as familiaridades dos audaciosos. À noite, com aquele que havia discretamente escolhido, abandonava todo pudor e cultivava felicidades inimagináveis. Assim fez durante trinta anos, e não apenas não envelheceu, como parecia, ao contrário, dia após dia ornada de novas belezas.

Numa manhã, na mesma hora em que viera pela primeira vez, o Imortal ultrapassou de novo a soleira da porta. Nuki reconheceu-o. Sabia agora de quem se tratava. Ele sorriu-lhe. Ela abaixou os olhos e também sorriu. Quando estava servindo-lhe um cálice de licor, ele disse:

– Vejo que adquiriste asas.

– Sim – ela respondeu. – Ensina-me agora a voar pelos céus.

Ela continuou de pé junto a ele. O Imortal bebeu, com o rosto sonhador, depois sem se voltar partiu por entre a multidão do mercado. Ela nem ao menos se deu ao trabalho de retirar o avental, nem de colocar a porta no encaixe. Seguiu-o. Nunca mais a viram, nem em Tchen, nem em qualquer outro lugar.

JAPÃO

# *Ozumé*

Eram os tempos dos deuses vivos. Nos pássaros e nos tigres, no ar azul, nas mulheres, nos ventos, eles estavam presentes em todos os lugares. Do alto dos céus às profundezas dos dias, a deusa Amaterasu reinava nesses tempos sobre a terra. Na sua fronte estava o sol. De suas mãos nasciam as manhãs. Era a felicidade dos seres. Sucedeu que se tornasse seu tormento.

Seu irmão senhor das tempestades, numa sombria noite de fim de inverno, levou no manto cinza sua criada mais querida. Amaterasu chorou-a, colocou no rosto os véus do luto. Não quis mais ver a vida. Numa caverna gelada arrumou uma cama de plantas mortas. Entre seu rosto e o mundo fechou uma porta de rochedo. Imediatamente fez-se noite em toda a terra.

Os deuses ficaram preocupadíssimos. Também os homens, nos povoados. Os Kami, gênios perversos mais detestáveis que galhos de espinheiros, não tinham mais ânimo para atormentar nem os vivos lá do Alto, nem os cá de baixo. Erravam, com os olhos esfaimados, esquadrinhando as trevas sem fim, procurando aqui e ali no ar negro o mais minúsculo grão de dia perdido. Desesperados, derramando lágrimas negras, logo procuraram refúgio nos seios firmes de Ozumé. Era a deusa dos sentidos. O amor tinha modelado suas ancas. Disseram-lhe:

— Tem piedade de nós! Devolve-nos a luz do dia! Tu, que tudo sabes da arte de amar, faze com que Amaterasu saia da toca em que se está estiolando!

Suas mãos acariciaram-lhe as coxas, o ventre, as nádegas carnudas, empurraram-na em direção à caverna em que o sol estava recluso.

— Vai, Ozumé, seduze a porta, faze com que o rochedo acorde, e te deseje, e role até ti! Faze com que devolva o sol!

Ozumé se pôs a dançar. Com os olhos brilhantes, a boca úmida, acariciando as tetas intumescidas abriu o alto das pernas, se pôs a gemer e a cantar o canto das dores deliciosas, a música das profundezas do corpo, a prece dos animais ternos. O céu encheu-se com a música, enquanto seus dedos se perdiam na quente boca de baixo e ali se intrometiam, dançando também, arrancando-lhe gritos da garganta. Os Kami, junto a ela, urravam, repentinamente tomados de desejo, de uma raiva potente e alegre. Puseram-se a bater as mãos, a bater os pés no chão, a rodopiar, com as lanças em riste. Viram a noite amedrontada. Viram as estrelas empalidecerem. Deram uma enorme gargalhada.

Em seu leito de folhas mortas Amaterasu acordou, levantou e estendeu a orelha. Aquele tumulto deixou-a espantada. Arriscou um olho por uma fresta. Ozumé e seus acompanhantes viram sair do rochedo um raio de luz tão tênue quanto uma teia de aranha. Três Kami imediatamente correram, com um espelho na ponta dos braços. Estenderam-no diante do olho do dia. A reclusa nele se avistou, mas não se reconheceu. Acreditou ver, fora da caverna, sua rival. "Que mulher, que deusa, bela como eu jamais poderia sê-lo, reina agora sobre a vida?" perguntou-se com o coração partido. "Oh, já me esqueceram?" Abriu a porta de rochedo. A sombra imediatamente desapareceu ao longe. O sol vermelho ergueu-se sobre as florestas, sobre os povoados, sobre os riachos e sobre os montes.

Ozumé foi dormir, segundo o costume das cortesãs, à hora em que se abre o olho da aurora. Desde esse dia ela é a santa querida dessas mulheres, sua protetora e confidente, ela que sabe, noite após noite, acender no segredo dos leitos o sol negro dos prazeres.

CORÉIA

# *As noites estranhas do senhor Song*

Song vivia numa colina, numa casa de teto azul. Sua mulher era de uma doçura de fazer chorar a amendoeira debruçada no limiar da porta. Entretanto, ele não era feliz. Tinha o coração tempestuoso. Quem vive secretamente no homem do outro lado de sua pele? Que ogro, que besta selvagem, que deus? Saberemos algum dia? Song só tinha um amigo: o álcool. Bebia, percorria os bordéis, voltava ao romper da aurora cantando desafinadamente. Sua bela esposa abandonada perdia pouco a pouco o brilho, e seu coração esfriava-se como um fogo que nenhum sopro ama.

Num dia úmido de fim de outono, um espírito-raposa instalou-se nessa casa infeliz. Os gênios maus são assim, o cheiro da desgraça os atrai. Pôs-se a quebrar as ânforas, a rasgar as roupas, a jogar o arroz nas cinzas, enfim, a perturbar o que restava de tranqüilo naquele lar. Ora, numa noite, chegou um viajante.
– Meu irmão Song está em casa? Cunhada, venho da cidade e gostaria de lhe dar notícias da família.
A senhora Song abaixou a cabeça. Não ousou dizer ao visitante em que covis mal-afamados seu esposo arrastava as sandálias. Inclinou-se, fê-lo entrar,

ofereceu-lhe sopa e carne, a cama do segundo quarto, e finalmente foi se deitar.

Ora, naquela noite, o espírito-raposa despejara em sua tigela o pó de um afrodisíaco que o marido, aquele velho desavergonhado, levava no fundo do bolso quando o capricho das libertinagens o conduzia ao baile das putas. Por volta da meia-noite, um fogo devastador abriu-lhe as pernas sem que ela pudesse dominar-se. Suplicou aos deuses e aos diabos que lançassem alguém sobre seu corpo. Ouviu apenas o barulho da chuva, o canto da água na biqueira. Então, ela se levantou descalça e foi com a camisa aberta até o quarto onde estava o amigo. Disse, com a boca na fechadura.

– Senhor, possua-me, eu lhe imploro, o desejo está me consumindo o ventre.

O convidado, lá dentro, vociferou, lançou algumas pragas sonoras, disse, enfim, batendo o pé:

– Seu pobre marido é meu irmão. Que a desgraça caia sobre mim se eu ousar traí-lo em sua própria casa!

A senhora Song segurou a cabeça com as mãos. O frio do corredor despertou seu espírito turvado de devaneios. Pensou, correndo ao acaso, pela casa vazia: "Que fiz, Senhor, que fiz? Como viver agora, depois de tal vergonha? Como enfrentar os espelhos? Antes da aurora, tenho que morrer!" Amarrou o cinto no pescoço, subiu numa cadeira, e, quando estava estendendo o corpo e os punhos de juntas pálidas em direção ao teto, com a cabeça voltada para trás:

– Ei! Perdeste a razão?

O marido acabara de chegar. Ela desmaiou em seus braços. Ele levou-a até a cama, deitou-a, esfregou-lhe as pernas e bafejou seus dedos azulados. Soluçando, ela confessou tudo. Ele escutou-a, balançou a cabeça. Com lágrimas nos olhos respondeu-lhe:

– A culpa é minha. Sou um monstro. Arruinei completamente tua vida.

Ela beijou-lhe calorosamente as mãos. Sorriu. Ele também sorriu, depois foi até o quarto de hóspedes. O visitante partira.

Desde então Song viveu fiel, honrado e cheio de amor. O espírito-raposa partiu. Dez anos se passaram, cinzas e azuis. A senhora Song, num dia de inverno, abrindo as janelas sobre a neve, viu três corvos em cima da amendoeira. O frio trespassou-a. Sentiu calafrios. Morreu antes da primavera. Seu esposo ficou aniquilado. Um mês inteiro, apesar das árvores e da relva que reverdeciam, errou do quarto à cozinha como um mendigo no deserto. Uma noite, quando estava soluçando perto do travesseiro da falecida, sua esposa veio até a cama.

– És tu, minha morta, és tu?

– Sou eu, meu esposo, abraça-me, acaricia tua mulher fantasma. Esquece agora tuas penas. Voltarei todas as noites.

A névoa da manhã levou-a. A névoa da noite trouxe-a de volta.

Após um ano desse estranho amor, a família do senhor Song quis que ele se casasse de novo. A esposa que lhe apresentaram era risonha, viva, seus seios eram carnudos e quentes. Acolheu-a em casa. Ela espanou os armários, reavivou o fogo moribundo, deu brilho nos potes e vasos, finalmente esgueirou-se nua sob a colcha bordada. Então a morta ergueu-se, ereta e severa, aos pés da cama.

– Mulher, vai-te embora! Este lugar é meu!

A esposa saltou para fora dos lençóis, enfrentou-a corajosamente e gritou:

– Teu lugar é no mundo dos mortos! Teu homem de agora em diante é meu homem!

Uma rugiu, a outra rosnou. Uma avançou as garras pálidas, a outra esbofeteou, golpeou com a cabeça. As duas rolaram no chão, dilaceraram-se a noite inteira enquanto Song, encolhido num canto escuro do quarto, rogava aos mil deuses do céu que expulsassem da casa aqueles guinchos de harpias, aquele fantasma sedento de vida, aqueles corpos vivos misturados com a morte. Finalmente a aurora raiou, simples e calma. A evanescente dissipou-se. A jovem esposa se levantou, lutando apenas consigo mesma, depois, ofegante, acalmou-se. O senhor Song colocou as mãos em seus ombros, e sem lamentar o passado disse-lhe o que tinha ousado, durante um ano, com a morta.

No mesmo dia ambos foram ao cemitério onde ela estava. Nos quatro cantos da tumba plantaram quatro pessegueiros. Os defuntos não gostam de pêssegos. A morta nunca mais voltou. Após sete dias melancólicos, o senhor Song, cansado das paixões, das falsas alegrias, das lutas sombrias e dos desejos desarrazoados, tornou-se eremita num monte e desde então só falou com as nuvens que passam sem deixar rastros nos vastos caminhos dos céus.

# *Won-Hyo*

Uma cabana com uma lareira modesta junto a uma cascata, uma velha árvore inclinada, a floresta em volta onde tagarelavam os passarinhos, ali vivia o bonzo Won-Hyo. Uma noite, quando o vento atormentava as trevas, ouviu ao longe os apelos de uma mulher. Won-Hyo estava sentado com as mãos sobre os joelhos diante de uma lamparina, e seus olhos estavam fechados. Contemplava o vazio e a noite de seu ser, infinitamente tranqüilo e pobre infinitamente. Ficou desconcertado com esse grito miserável que acabara de atravessar os furores trêmulos da borrasca. "Como sou frágil e fraco", disse a si mesmo. "Como pouca coisa basta para afastar Deus de mim!" Desde há muito considerava-se semelhante ao galho da árvore sujeito aos caprichos do vento. Às vezes refugiava-se nesse lugar obscuro de seu corpo em que não havia nada mais que a feliz tranqüilidade de uma presença sem forma, às vezes ali se comprazia como no coração de um milagre, jamais porém tinha podido manter-se ali firmemente, fora do alcance das ilusões e das armadilhas do mundo.

A voz tornou-se repentinamente próxima.

– Mestre Won-Hyo! Por piedade, mestre Won-Hyo, não me deixes aqui fora!

Levantou-se de um salto, foi abrir a porta. Uma lufada de chuva precipitou-se na cabana, apagou a lamparina.

– Por favor, posso entrar? Sabes, estou perdida, estou com frio, não tenho mais forças.

Com o olhar suplicante, a boca tremendo, apertava no pescoço sua frágil vestimenta. Won-Hyo fechou a porta e puxou-a para a luz do fogo.

Ela era jovem, bela. Sob o vestido molhado via-se sua pele, o formato de seus seios, a curva de suas ancas.

– Estou gelada – disse ela. – Não poderias esfregar minhas pernas e meus ombros?

Ele a fez deitar-se sobre um cobertor, ajoelhou-se perto dela e pôs-se ao trabalho. Logo percebeu que também ele tremia. Não de frio: estava suando. Suas mãos, sem que ele pudesse conter-se, demoravam-se na curva dos rins. Fechou os olhos. Pensou: "Devo permanecer senhor de meus sentidos e em primeiro lugar acalmar minha respiração." Sentiu que estava gemendo. A moça suspirava sob suas mãos precisas. Ele curvou-se até beijar-lhe a nuca, e de repente arrancando-se ao desejo deslumbrante ele rosnou, levantou-se, afastou-se, titubeante. Só conseguia ver uma névoa zumbindo ao seu redor. "Para onde está indo minha alma?" perguntou-se, aterrorizado como se tivesse perdido o filho indefeso no meio da tempestade. Foi tomado, repentinamente, por uma sede sufocante. Procurou água na cabana. A ânfora sobre a mesa e a pequena tigela estavam vazias. Saiu. A chuva cessara. Correu em linha reta entre as árvores negras. Tropeçou, caiu, com o rosto na relva. Sua mão tocou a água. Bebeu mais e mais. Estava deliciosa, amigável, calmante. Seu corpo ficou maravilhado até as entranhas. Deu um suspiro e dormiu instantaneamente.

Um canto de pássaro acordou-o. Mil sóis brilhantes que caíam das folhagens fizeram-no piscar. O dia estava alto. Esfregou os olhos, olhou em volta. Viu aqui e ali carcaças de animais cheias de água estagnada borbulhante onde se contorciam vermes. Na noite cega, fora no ventre de um desses cadáveres que mergulhara a boca ávida. Ficou contemplando-os estupefato, depois foi repentinamente tomado por uma alegria semelhante à manhã nascente. "Senhor", disse a si mesmo, "Senhor, entendi! A satisfação de todas as sedes está aqui, no coração. Minha fé cria o mundo! Se minha fé me diz que esta água é pura, ela assim o é, eu sei! Assim é ela, eu a bebi! Se minha razão vindo por sob meus sentidos me diz que ela é podre, imediatamente ela assim se torna! O mesmo acontece com essa bela mulher que a borrasca de ontem levou até minha casa: uma vida entre vidas se assim a vejo, e então sirvo a vida, objeto de desejo se meus sentidos governam, e então eu me sirvo, eu, besta ilusória, e o amor me foge, e a paz também!"

Voltou à cabana. A moça parecia desmaiada diante do fogo moribundo. Não se mexia. Mal respirava. Deitou-se sobre ela, abraçou-a e acariciou-a vigorosamente murmurando contra sua boca incansáveis palavras de força e de luz. Ela começou a gemer, sua respiração aqueceu-se. Quando ela acordou, no coração de Won-Hyo nasceu uma alegria orgulhosa que ele jamais experimentara. Levantou-se e foi tomar um banho na cascata.

Logo a viu aparecer à porta. Ela tinha se despido. Perguntou-lhe se a água estava fria. Ele se virou. Ela lhe lançou, risonha:

– As moças o assustam, mestre Won-Hyo?

Ele ousou olhá-la. Ficou um instante imóvel, e depois, aproximando-se corajosamente dela, apontou o indicador em direção a seus seios arrogantes. Disse:

– Tudo está aqui, no coração.

Então a mulher se inclinou e de repente pareceu evaporar-se. Em seu lugar só ficou uma luz de forma humana, depois esta luz se pôs a subir em direção à copa das árvores. Enquanto ela se afastava dele:

– Está tudo bem, Won-Hyo – disse ela. – Só vim te ajudar a encontrar aquilo que procuravas.

Ela desapareceu. Então Won-Hyo se ajoelhou, rendeu graças, e com o coração em paz foi a seus trabalhos cotidianos.

*Se esta noite a lua estiver escondida*
*o tilintar de meus braceletes te indicará o caminho.*

*Coloca tua boca sobre a minha,*
*mas deixa livre minha língua para que ela te fale*
[de amor.

*Se o amor é triste, por que tão doces são suas penas?*
*Se é doce, por que é tão cruel? Se é cruel, por que to-*
[dos o desejam?

*O medo é um ferrolho.*
*Quebre-o e venha para o jardim onde o amor te*
[espera.

*No amor, impossível é impossível.*

*O coração de uma mulher*
*não bate apenas sob seu seio esquerdo.*

*Se não sabes por que ele te ama, sua lança te dirá.*
*Se não sabes por que o amas, também ela te dirá.*

*Mais valem torrentes de vida que devotas procissões,*
*e corações inflamados de amor que virtudes*
                              *[poeirentas.*

*Se a moça assim o desejar,*
*nem uma porta fechada a impedirá de se entregar.*

*A bem-aventurada amante*
*regozija Deus.*

*Oceania*

Octavo

# Os primeiros amores do mundo

Da imensidão vazia, um dia antes dos dias, nasceu o primeiro de nossos pais humanos. Seu nome era Rangi. Era vasto e belo. Quem o via dele se enamorava. Nossa mãe Pepa pressentiu sua presença. Saiu da terra. Foi ao seu encontro. Ela o viu. Ele a viu. O desejo aqueceu-lhes imediatamente o ventre. Suas bocas se beijaram, e também seus peitos, e seus sexos se uniram.

Dez tempos antes dos tempos, em seu leito de nuvens um no outro gozaram, e, sem que seu abraço se desfizesse um único momento, de seus corpos colados nasceram os primeiros seres vivos deste mundo terreno: Rongo, Tangaroa, Tané, Tu-o Irritado, Haumia e Tawiri. Permaneceram muito tempo nas trevas quentes, dormitando despreocupados no côncavo dos ventres unidos, depois vieram-lhes pouco a pouco desejos buliçosos. Quiseram esticar os braços, as pernas fortes, e afastar da vista essas obscuridades pesadas que os mantinham curvados. Agitaram-se em vão. Tu-o Irritado vociferou:
– Esses amantes desenfreados estão me sufocando. Quero viver. Ó irmãos, matemo-los!

— Rangi é nosso pai e Pepa nossa mãe, suas vidas são sagradas — respondeu-lhe Tané-Pai-dos-Bosques-Folhudos. — Irmãos, é melhor tentarmos separar-lhes os corpos!

Todos o aprovaram, exceto Tawiri-o-Louco, pai dos Quatro-Ventos, que se sentia contente no balanço lento da onda amorosa.

Rongo-Pai-dos-Campos, Tu e Tangaroa-Pai-das-Paisagens foram os primeiros a tentar. Suando, resfolegando, gemendo, com os olhos fora das órbitas empurraram com os pés, com a cabeça, com os ombros. A Terra suspirou, o Céu mal gemeu. Rangi continuou deitado sobre Pepa, sua amada. Então Tané apoiou firmemente os calcanhares nos quadris de sua mãe, agachou-se, segurou as ancas do pai acima da cabeça e levantou-se de chofre. Rangi gemeu, lá de cima:

— Minha mulher, estou te perdendo!

Pepa gritou, de baixo:

— Meu esposo, estás indo embora!

E Tawiri-o-Louco, pai dos Quatro-Ventos, gritou que sentia frio, que fechassem a porta, e que o raiar do dia entre os ventres úmidos ofuscava-lhe os olhos.

Agarrando-se a Rangi, choramingando em cima de Pepa, maldisse os seres vivos que surgiam em todos os lugares sob a luz nascente, e olhavam o Céu, seu pai, afastar-se, e olhavam sua mãe a seus pés cobrir-se de riachos e lagos, de florestas e de campos. Soprou a borrasca, enviou a geada, espalhou a neblina e a névoa gelada. Assim veio o tempo cinza, após o longo tempo negro. Por fim Tawiri cansou-se, e os homens saindo dos abrigos das cavernas saudaram o dia, beijaram suas mulheres e foram até os campos, com os filhos nos ombros.

Será que eles escutam às vezes Pepa a Terra-Mãe e Rangi o Alto-Céu chamarem-se ternamente quando a aurora sai da sombra?
– Oh, Rangi – diz Pepa –, oh, meu esposo amado!
E nuvens se elevam de sua boca amorosa.
– Oh, Pepa – diz Rangi –, oh, mulher desejada!
E a terra estremece, inundada de névoa rósea.

*Deus está onde está o amor.*

*Abaixo do umbigo
todas as religiões se assemelham.*

*Suprimir os desejos para só pensar nas necessidades?
Seria como cortar os pés
para não precisar mais de sapatos.*

*O homem é fogo, a mulher estopa,
e o diabo atiça o fogo sentado na popa.*

*Toda mulher tem dois corações.
Para cravar teu punhal,
escolhe o de baixo.*

*Por que fizeram o amor cego?
Para que ele visse o que o olho não vê.*

*Se queres parar o amor,
experimentas antes parar o vento.*

*Quando o amante corre para a amada
não deixa pegadas na neve.*

*O amor é como um ovo
na ponta de um chifre.*

*Até o diabo tem seus direitos.*

*Américas*

AMAZÔNIA

# *O ferimento*

Eram os tempos das almas cinzas e dos medos irrefletidos. As mulheres ficavam onde o riacho alarga-se e os homens mais no alto, onde a torrente ruge. Encontravam-se algumas vezes? Nunca. Fugiam um do outro. Cada qual em seu povoado ignoravam-se como o silvado aqui e a sarça ali. Deus, ao que parece, quisera que as coisas assim fossem. Sucedeu que se arrependesse.

Um dia, um rapaz, estando na margem, avistou uma moça ao longe, vindo ao seu encontro. Por que haviam saído das ocas familiares no mesmo instante, sob o olhar do Altíssimo? Para se lavarem do costumeiro, para ficarem sozinhos com o céu, com a terra ensolarada, com as batidas de seus corações. Pelo menos era o que pensavam. Não haviam sentido a mão do Criador que os guiava um para o outro.

A relva estava macia, morna, e ambos estavam nus. Na luz azul onde riam os pássaros, caminharam até se encontrarem. Pararam face a face, entreolharam-se um momento, espantados, depois o rapaz disse à moça, indicando, com o olhar inquieto, sua fenda abaixo do ventre:

– Pareces machucada.
A outra respondeu-lhe, temerosa, perturbada:
– Machucada? Não sei. Sempre fui assim.
O rapaz debruçou-se, abriu com a ponta do dedo, sob o umbigo, os lábios. Viu, lá dentro, a pele avermelhada. Disse:
– É um ferimento. Melhor tratá-lo antes que infeccione.
A moça respondeu:
– No entanto não sinto dor.
– Deves descansar. Vamos até minha casa. Mostraremos isso aos pajés que tudo sabem.
Pegou-a pela mão e a foi puxando.

Até as primeiras choças nada disseram, depois os homens acorreram abrindo-lhes um caminho de perguntas espantadas, de risos, de grandes gestos. No limiar da casa todos ficaram mudos, com o olhar ávido e o pescoço estendido enquanto o rapaz entrava na penumbra e levava sua companheira até a cama de folhagens. Fê-la deitar-se e foi correndo chamar os velhos. Eles vieram com seus talismãs e varinhas mágicas. Debruçaram-se gravemente, apalparam na frente e atrás. Finalmente murmuraram:
– Que devemos fazer?
O rapaz respondeu:
– O ferimento é profundo, precisamos fechá-lo. Podemos permitir que esse ventre, que esse rosto morra? De madrugada, irei ter com o Espírito da floresta. Pedirei seu auxílio.

À noite ele partiu. O Espírito conduziu-o às plantas curadoras. Voltou de manhã carregado de ervas, de flores, de raízes terrosas. Acendeu o fogo, preparou infusões, compôs ungüentos, amassou cataplasmas. Com eles lambuzou as coxas, o umbigo, e a estranha brecha. Ela não se fechou. Os homens, todas as noites, vinham saber notícias, e se sofriam de algum mal acontecia-lhes de se submeterem às seivas e essências, aos emplastos, às infusões. Imediatamente as feridas desapareciam, as verrugas descamavam, os furúnculos secavam. Assim, pouco a pouco encontrava-se remédio para tudo. Mas a moça continuava com a fenda no ventre e o rapaz, perturbado por um amor desconcertante, interrogava seu coração, perdia o gosto de viver. Uma noite, cansado e desesperançado, foi de novo até a floresta vizinha.

Rogou alto e forte ao Espírito compassivo para que o inspirasse de novo. Então, enquanto errava sob as folhagens escuras, uma zoada de macacos assustou os arbustos, de repente, nas trevas. Com as costas curvadas ele parou, se pôs à espreita. A lua debruçou-se à beira de uma nuvem. Um gorila apareceu na luminosidade dourada. Viu-o ajoelhar-se sobre um corpo de fêmea de pernas bem abertas, empunhar resolutamente seu bastão de carne crua e com um movimento de bacia mergulhá-lo no mistério das coxas. "Pelos deuses órfãos que me serviram de pai", exclamou em seu coração o rapaz maravilhado, "não é um ferimento, é uma caverna quente, um túnel de prazer, um cálice, um pomar, uma fornalha fresca, uma cidadela de amor!" Um riso extasiado fez com que ali ficasse, até a aurora, oferecendo à noite os milhares e milhares de nomes que designam aqui na terra o sexo da mulher.

Voltou ao povoado. Reuniu os irmãos nos quatro cantos da cama. Disse:
– Alegremo-nos. Encontrei o remédio para o ferimento vermelho.

Fez ali, diante de todos, o trabalho simples do amante, uma vez por prazer, uma vez por amor, uma terceira vez para que ninguém esquecesse de nada, depois os homens correram até o povoado das mulheres. Curaram-nas todas. Elas abriram as pernas com entusiasmo. Fazia tantas e tantas luas que sem nada ousar dizer sentiam seus poços vivos melancólicos!

Deus, no céu, ficou contente. Seus filhos, de agora em diante, podiam caminhar sem ele. Tinham descoberto, para além da arte de produzir crianças, o caminho tortuoso do amor verdadeiro que sabe transformar (e apenas ele) um engano num milagre, e uma preocupação insignificante num remédio para tudo.

## *Lua*

Lua, naqueles tempos longínquos, vivia aqui na terra com Sol seu pai e com sua irmã, única mulher no povoado dos homens. Era um jovem macho de bela figura, de corpo reluzente e firme, de desejos veementes. Obscuros devaneios mantinham-no acordado, à noite, em sua rede. Acontecia freqüentemente que seu bastão de carne o pegasse pela mão e o levasse em segredo até árvores perfuradas. Nelas penetrava com os olhos fechados mergulhados em sonhos. Teria preferido o abraço de uma mulher, mas só havia, na região, sua irmã, que ele não podia amar. Às vezes a espiava, com as têmporas zunindo.

Ora, numa noite morna e pesada, Lua sonhou longe demais. O silêncio reinava nas choças ao redor, no caminho deserto, nas folhagens escuras. A alguns passos dele, aquela irmã desejada se oferecia, nua, às alegrias do sono, com o rosto na dobra do braço e as pernas entreabertas. Em volta dela dormiam homens, crianças. Com a cabeça enfiada nos ombros e a orelha à espreita, curvado sobre o falo ereto que lhe enchia a mão, Lua aproximou-se dela. Tocou-lhe os seios, o umbigo, a fenda entre as coxas. Ela gemeu, abriu-se. Ele deitou-se sobre ela.

De manhã ele partiu e a irmã acordou. Ela pensou: "Amei." Seu corpo lembrava-se de um corpo potente e macio com um sexo furibundo, e em sua boca havia sabores desconhecidos, lembranças de ofegos e arquejos, mas ela nada vira de seu amante noturno. Até a noite procurou entre os homens um sinal, um olhar, uma confissão. Nenhum fez seu coração bater mais forte no peito. O irmão tinha ido caçar na floresta. Quando reapareceu, o povoado dormia. Na ponta dos pés Lua saiu da sombra, jogou na rede sua bolsa e roupas e foi farejar o ventre amado no dia anterior, e deitou-se sobre ele, e novamente mergulhou em suas negras delícias.

No dia seguinte sua irmã foi até a margem do lago. Gozara de novo. Ficou durante longo tempo olhando na água seu rosto ali refletido. Na última fogueira da noite pegou de sob as brasas um punhado de cinza. Com ela esfregou as mãos, foi se deitar e esperou a investida do ser enigmático. Ele veio. Ela acolheu-o com transporte. Acariciou-lhe as bochechas, a testa, a nuca firme, depois abandonou-se à sua deliciosa lança. Adormeceu contente. À aurora vislumbrou um dorso largo fugindo por entre a névoa tênue. Sorriu. Pensou: "Enfim saberei." Quando o sol nascente dispersava as nuvens, ouviu a voz rouca do irmão. Em meio aos risos ele disse:
– Que tenho, afinal, no nariz?
Ela foi até a margem onde os homens se lavavam.

Viu Lua espantado, ajoelhado na água, contemplando o próprio rosto. Não compreendia de onde vinham aquelas nódoas que lhe sujavam as faces.
– Oh, desgraça! – disse. – Oh, irmão, que fizeste?

Ele levantou-se, envergonhado, perplexo, atônito, correu para a floresta lacerando o rosto. Apenas os cascalhos lançados por um momento seguiram-no. Desapareceu na sombra úmida do interior da floresta. Os homens escarneceram:
– Voltará logo.
Mas ninguém voltou. Cem dias, cem noites se passaram. Então Pai Sol, franzindo as sobrancelhas brancas, ordenou que o procurassem. Três feiticeiros partiram.

Encontraram-no morto. Ao pé de uma árvore vermelha viram-lhe o esqueleto. Seus dedos estavam cravados no crânio esbranquecido, seu rosto estava enfiado no meio de folhas apodrecidas. Sentaram-se na relva, acenderam os cachimbos, cobriram os ossos com plantas viçosas e sopraram sobre elas baforadas de tabaco. A carne voltou ao corpo, a vida voltou aos membros, a boca suspirou e os olhos perplexos olharam o dia.
– Eis que o abominável porco está de novo entre nós – disse o mais velho dos três.
– Oh, é um recém-nascido, não se lembra de ter possuído a irmã – respondeu o segundo.
E o mais jovem disse:
– Teu pai quer saber por que fugiste.
Lua foi reconduzido ao povoado dos homens.

Pai Sol sabia. Estava esperando o filho na soleira da casa. Sua barba e cabelos brancos incendiavam o ar azul em volta de seu rosto. Disse:
– Olha-me pela última vez. Dar-te-ei a noite, já que a amas tanto. Espero conseguir te esquecer.
Lua refugiou-se no céu, onde mora até hoje. Já notaram aquelas manchas em seu rosto? Sem cessar ele se contempla nos rios, nos lagos. Diz-lhes:

— Lavai-me!
— Esta é tua vergonha, ó filho – lhe respondem as águas. – Quem poderia apagá-la?

## *As flautas de Yurupari*

Onde mora Yurupari? No grande rio da vida. Onde se localizam estas águas fecundas? Ali onde o céu e a terra se encontram, no horizonte sempre fugidio diante daqueles que querem atingi-lo. Nossos ancestrais, os primeiros viventes, se puseram um dia no longo caminho em direção a esse lugar onde o sol declina. Queriam ver Yurupari. Seu desejo era tão forte que alcançaram o inacessível.

Pararam na margem, deixaram cair os cajados. Viram na água transparente esgueirar-se uma serpente silenciosa. Seu corpo era de sete cores. Entoaram-lhe uma prece. Então da corrente azul em que estava este animal um homem saiu, pingando. Sua figura era temível. Em seus olhos havia o arco-íris. Suas mãos falavam, seu coração também. Sua voz parecia vir de uma sombra mais vasta que o ar em torno. Era Yurupari. Disse a nossos ancestrais:

– Estive meditando. Escutai: não dormis mais com vossas mulheres, senão eu vos devorarei.

Eles tiveram medo, se revoltaram.

– Quê? – disseram. – Privar-nos delas? Desgraça de nossos sexos duros!

– Vamos embora daqui! Mudemos de mundo!

– Matemos esse monstro!
– Vamos queimá-lo!

Sobre um leito de árvores mortas fizeram-no sentar-se. Puseram-se em volta, atearam fogo aos galhos. Uma chama pontiaguda vestiu Yurupari com as sete cores do mundo. Ele queimou. De suas cinzas um longo junco nasceu. Neste junco os primeiros homens talharam a flauta sagrada. Não souberam tocá-la.

Nesse tempo, quem governava no povoado de nossos ancestrais? Mãe-Senhora-da-Terra. Vivia sozinha em sua choça, num monte acima dos bosques. Conhecia todas as leis profundas, decidia as alegrias, as dores, o destino das crianças que nasciam, a sorte dos caçadores, as dores de dente, as próximas mortes. Os homens invejavam seus poderes. Numa manhã de céu puro foram visitá-la.

– Tia, bendito seja teu saber! Olha, vamos até o riacho. Como podemos convencer os peixes a cair sem medo em nossas armadilhas? Temos fome, tia, ajuda-nos!

A Mãe-Senhora respondeu:
– Sigam-me, vou ensiná-los a capturar tudo que quiserem.

Juntos foram até a margem. Ela entrou na água até os seios.

Então um homem esgueirou-se por trás dela, transformou-se em serpente, mergulhou entre suas pernas nuas, e enrolando-se em suas canelas puxou a Mãe para o fundo. Ela se debateu, abriu a boca, fez jorrar espuma contra o sol. Perdeu o fôlego e a visão, quis gritar, mas bebeu demasiado, e o espírito abandonou-lhe a cabeça. Dois homens a pegaram pelos ombros, dois outros empunharam seus pés. Levaram-na até a margem, fizeram-lhe um travesseiro de ervas, sobre a relva deitaram seu corpo. Ajoelharam-se ao seu redor.

Temiam-na talvez ainda, a ela que nada mais podia. Afastaram-lhe as pernas, debruçaram-se sobre seu velo. O sangue martelava-lhes as têmporas. Olharam o poço vermelho, apalparam-no, com os dedos trêmulos. Um homem disse:
– Aqui reside sua força.
Um outro com um pedaço de pau mediu os lábios frágeis, a fenda de onde vem a vida. Feito isso, voltaram a cobri-la. Cantaram um canto curativo.
– Que aconteceu comigo? – disse ela.
Os homens responderam juntos:
– Nossa tia caiu na água, nós a carregamos até a margem, o espírito abandonou-lhe o corpo, imploramos para que ela vivesse, e ei-la de novo entre nós!
Voltaram ao povoado. A Senhora-da-Terra sentia vergonha. Chorava. Os homens tinham-lhe aberto as pernas, tinham tomado seus poderes.

Do junco do fim do mundo fizeram uma nova flauta. Talharam-lhe um bico semelhante a esta estranha e doce boca que as coxas fechadas escondem. Então seu canto foi belo o bastante para atrair o céu sobre a terra, para que a terra se abrisse para o céu, para que dançassem juntos e se amassem. Ó Senhores dos mil universos, que seríeis sem a música das flautas de Yurupari?

AMÉRICA DO NORTE

# O *Viúvo-para-além-do-Oceano*

Quem fez as coisas tais como são? O Viúvo-para-além-do-Oceano. Sua casa ficava às margens do mundo em que nascem as águas cinzas. O que viveu antes de ser o Pai Viúvo, será que ele próprio poderia lembrar-se? O escurecer de sua vida foi o alvorecer da nossa. Nascemos no dia em que sua esposa morreu.

Quando a viu deitada, o desespero invadiu-lhe a respiração, o olhar, o coração, os quatro membros. Saiu correndo em direção às águas, berrando, com os braços abertos, à imensidão negra:
– Que venha sob meus pés uma terra sólida!
Uma terra emergiu, pingando, de sob as ondas.
– Que alguém venha até mim. Viver sozinho me apavora! Quero ver, acariciar, falar, escutar, amar!
Enquanto as lágrimas molhavam-lhe a barba e o peito, viu jorrar entre seus pés uma água nova, viu-a elevar-se até seu rosto transtornado, viu-a transformar-se num rosto de mulher, ombros, seios de mulher, quadris, umbigo de mulher.
– Continua! – gritou ao ser assim delineado. – Até as unhas dos pés quero te ver viva!

E aquela água transformou-se em sexo, nádegas, coxas, em mulher ereta e nua. Ela olhou o Viúvo. Ele olhou seu corpo. Ela achou-o atraente. Ele lançou um longo jato de esperma nas brumas e das brumas surgiu um homem jovem e belo, o primeiro de seus filhos. Colocou os dois na mesma casa, em volta criou a relva, e as árvores, e os frutos, as lebres, os alces, os cervos, os esquilos. Povoou de peixes os rios, os oceanos. Finalmente, pôs no mundo as tribos, os povoados. Contemplou sua obra. Sua vara teve então sede de novas maravilhas.

Percorreu a terra. O fogo de seu desejo era tão veemente que um olhar seu bastava para colocar uma criança num ventre de mulher. Quando encontrava alguma cuja caverna era acolhedora, seu rugido fazia gozar o mundo, ouviam-se risos no mar, a pesca era boa. Às vezes, para atrair as moças para fora das casas, fazia aparecer um gamo numa torrente. Se elas continuavam trancadas em casa, desconfiadas, ele revolvia o céu, as nuvens rugiam, os caçadores se perdiam nas florestas desertas, as esposas velavam diante dos fogos extintos, as crianças disputavam com os cachorros os ossos queimados.

Ora, sucedeu que um dia o velho Pai Viúvo fosse tomado de paixão proibida e violenta. Ousou desejar sua própria nora, a mulher nascida da água oferecida ao Primogênito, seu filho poderoso e sábio. Deitou-se sobre ela um dia em que o esposo gritava por socorro sobre a copa de uma árvore cujos galhos tinham sido levados por uma borrasca. Quem tinha feito com que o rapaz subisse lá em cima, e quem tinha querido que os demônios do vento o impedissem de descer antes do nascer do dia? O pai, o velho Viúvo, para que pudesse ficar com sua desejada.

Quando Homem Primogênito estava voltando ao raiar do dia da grande tempestade, viu no caminho o próprio filho errando, com uma aljava nos ombros, um arco retesado nas mãos. A criança estava cega. Atirava em pássaros ausentes no céu vazio, e entretanto pássaros caíam mortos dentro do saco que ele estendia ao acaso. O pai foi até ele. Segurou-o pelos ombros.

– Meu filho, meu bem-amado, que aconteceu com teus olhos?

– Vi vovô Viúvo sobre o corpo de minha mãe. Também ele me viu. Brandiu a lança, cuspiu o leite de seu ventre em meu rosto. Desde então já não vejo nem terra nem sol.

O Primogênito pegou a criança, correu até sua casa. O Viúvo abriu a porta, e vendo ali aquele que pusera no mundo com o neto teve vergonha e chorou. Nenhuma palavra foi dita. Ele partiu de cabeça baixa, e enquanto se afastava jurou a si mesmo ser casto para todo o sempre.

Dirigiu-se ao oceano. No caminho, aqui e ali encontrou mulheres. Eram belas, estavam nuas. Todas se ofereceram a ele. Todas foram repelidas. Viu finalmente uma, à beira das águas salgadas. Era magnífica. Não pôde resistir ao desejo desenfreado que o arrastava até ela. Pensou: "A última", e sua vara tesa mergulhou energicamente entre as pernas abertas da mulher. Ela fechou então a caverna aveludada e, mantendo-o assim preso, levou-o de volta à casa, para além do oceano.

Ele fez as coisas tais como são. Fez a todos nós tais como somos. Homens, mulheres, é nosso pai.

# O Matreiro

O Primogênito saiu do ventre da Terra. Era tanto feio quanto bonito, tanto louco quanto sábio, cruel ou generoso segundo humores passageiros, em toda parte sentia-se em casa, caminhava sem cessar. Os homens de seu tempo chamaram-no de Matreiro.

Um dia, durante suas andanças, a relva macia de um prado incitou-o ao repouso. Em meio ao verde deitou-se, cruzou os dedos sobre o umbigo e adormeceu. Quando acordou, sentiu frio. Seu ventre estava nu. Não tinha mais sobre ele a coberta vermelha. Esfregou os olhos. Viu, alto no céu, tremular uma bandeirola na ponta de um mastro. "Provavelmente", disse consigo mesmo, "a alguns passos daqui há um povoado em festa. Estranho. Não estou ouvindo nem trompas nem tambores." Endireitou o busto, apoiou-se sobre os cotovelos, e ficou olhando boquiaberto para a frente.

Não era um mastro que estava vendo ali erguido, era sua lança, sua vara, sua espada flamejante, seu pilão de carne crua! E presa à glande, conversando com as nuvens, a bandeira flutuando altivamente ao vento, era sua coberta! Gritou-lhe:

– Desce!

Depois, admoestando o fogoso que empunhava com as duas mãos:

– Irmão, estás me envergonhando. Vem, volta aqui.

O outro, desenxabido, amoleceu, mas não diminuiu um dedo. Era tão longo quanto vinte jibóias alinhadas. O Matreiro enrolou-o no peito largo e, praguejando, seguiu seu longo caminho fortuito.

Em pleno meio-dia um lago surgiu à sua frente. Avistou moças nuas na água ensolarada. Elas riam, brincavam, molhavam umas às outras tagarelando como mil pardais. Primogênito pegou a glande (que estava pendurada em seu pescoço) e resmungou:

– Fala mais alto, meu amigo, não estou ouvindo nada.

Colocou-a na orelha. Deu uma gargalhada.

– Oh, é claro, compreendo. Queres brincar de dois, folgar com uma mulher, acender o archote na caverna obscura! Está bem, podes ir, mas quem vai escolher sou eu. Estás vendo aquela ali, lavando o ventre afastada de suas irmãs? É a filha de um chefe. É ela que me agrada. Vai, irmãozinho, vai!

O buliçoso prazenteiro assim que se viu desenrolado correu à praia e mergulhou nas ondas.

– Ai, o impetuoso está traspassando todas elas! Alto! Volta, irmãozinho! – gritou o Primogênito.

O outro retornou. O Maroto arrancou três cabelos da fronte (eram tão fortes quanto três trepadeiras verdes), empunhou uma rocha, atou-a na ponta de seu bastão ardente.

– Vai agora – disse – e faze o que tens de fazer.

O bota-alegria partiu, arrastou sua grilheta até a margem azul, deixou-se cair na água e afundou. O Matreiro disse:

– Pesado demais.

Recolheu a rocha, fendeu-a em dois e amarrou a metade no meio de seu careca.

Imediatamente a longa lança partiu saltitante, rasgou a água cintilante, respingou as mulheres. Elas fugiram, atordoadas. O monstro escavador esgueirando-se entre elas agarrou a panturrilha da filha do chefe, subiu-lhe pelas coxas frescas e mergulhou dentro dela. A bela, apavorada, clamou pelas companheiras. Elas vieram em seu socorro, seguraram-na pelos ombros, pelas nádegas, pelas pernas, pelos braços, mas não puderam libertá-la do instrumento voraz. Os pais, os esposos acorreram por sua vez, puxaram com todas as forças, empurraram, se encarniçaram. Nenhum foi capaz de expulsar o animal para fora da toca.

Veio então uma velha. Entrou na água grunhindo que todos se afastassem, finalmente apalpou o instrumento entre as coxas abertas, balançou a cabeça e disse:
– Conheço esse danado, é do Matreiro. Partam, meus filhos, vou amansá-lo.

Arregaçou a saia, pôs-se a cavalo na ferramenta, e deitando-se sobre ele abraçou-o contra si cantarolando suavemente:
– Tem modos, Primogênito, ó terror inocente! Retira-te, senão cuidado com meus humores. Tenho unhas cortantes e mordidas dilacerantes!

O Matreiro recolheu sua longa intumescência caolha gemendo como uma criança.

Era filho da Terra. Não sabia que sua mãe acabara de repreendê-lo. Era tanto fraco quanto forte, temerário mas medroso, indeciso mas seguia em frente. Sabia tudo, mas ignorava-o.

## *Como o Matreiro criou os legumes*

O Primogênito andou muito tempo naquele mundo de luzes nascentes tendo em volta do pescoço, dos ombros, da cintura, sua bagagem de prazer. Na planície infinita havia uma floresta. Nela entrou, aspirando as sombras. E, quando estava caminhando sob os sóis trêmulos que se coavam através das folhagens, ouviu cantar nos galhos altos:
– Que vejo? Um homem nu! Que traz às costas? Um fardo longo e pesado! E que fardo é esse? Sua lança, seu acrobata, seu pau bota-fogo!
– Silêncio, desgraçado! – gritou-lhe o Matreiro. – Que viste? Nada de mais. Minha lança? Um dedo mínimo. Meu fardo? O vento puro. Espíritos da floresta, não escutai este louco!
Uma cascata de riso precipitou-se lá de cima. O Matreiro prosseguiu seu caminho florestal, com o olhar perscrutador, com a expressão falsamente tranqüila.

Mal havia dado cem passos entre a folhagem quando a voz troçou numa moita espessa:
– Ei, tinha esquecido teus grandes colhões vermelhos! Oh, como se balançam! Oh, como são bochechudos!

O Primogênito pensou: "Ele deve saber tudo a respeito de meu belo corpo novinho em folha para ter descoberto o que estou querendo esconder!" Estacou e escrutou, com os olhos semicerrados, o matagal.

– Ridículo Matreiro – continuou a voz zombeteira –, tu os tens bem viçosos! E essa glande escarrapachada que está te ornando a cabeça, que estranho gorro!

O outro, enraivecido, pulou em cima da moita falante. Um rabo de esquilo roçou-lhe as panturrilhas, desapareceu prestamente num tronco de árvore oco.

– Pega-me! – guinchou alegremente o animal.

O Primogênito bradou:

– Não suportarei mais teus insultos! Que a vergonha caia sobre ti, mentiroso! Bandido! Covarde peludo! Bastardo de árvores secas!

Pegou seu caolho na mão e disse-lhe:

– Meu belo, vai desentocar este monstro. Esmaga-lhe o crânio e devora-lhe os olhos!

O outro intrometeu-se por entre as folhagens, entrou vivamente no tronco carcomido, farejou, fuçou, apalpou, só encontrou a sombra úmida, mergulhou mais profundo. Aquele antro, aparentemente, era um poço sem fundo. O alto e o baixo, o direito e o esquerdo engoliram a lança sem que se avistasse um único focinho de animal, um único teto, uma única parede.

O Matreiro retirou seu instrumento vingador e ficou atônito contemplando as coxas. Só lhe restava sob o umbigo lanoso um pedacinho pendurado, desenxabido, e apenas pouco mais longo que um rabo de lagarto. Gemeu:

– Meu irmãozinho! Oh! Minha flecha de amor!

E voltando à árvore mostrando os punhos:
– Aparece, assassino!
Derrubou o tronco, desentocou o esquilo, abateu-o com um tapa e finalmente descobriu entre as migalhas de madeira seu irmãozinho espedaçado, picado em pequenos pedaços.
– Pobre picareta de prazer, estás de fazer pena! – disse contemplando os míseros restos.
Chorou algumas lágrimas, levantou a cabeça, e com a voz revigorada:
– Lamentar-se é inútil e tolo – disse ainda. – Então, já que desgraçadamente eis-me desfalcado, que os restos de meu badalo sirvam para a felicidade do mundo.
Pegou um dos pedaços e o jogou. Onde ele caiu nasceu a primeira alcachofra. Continuou seu caminho, semeando aqui e ali as fatias de seu aguilhão. De cada uma delas brotou aqui um feijão anão, ali um pé de tomates, um nabo, um rabanete, uma batata. Assim foram dados aos primeiros jardineiros as plantas comestíveis. Assim o Primogênito foi dotado de um bastão como o que todos nós trazemos.

## *Como o Matreiro se transformou em mulher*

O Primogênito seguia seu caminho pela terra. Assim, errando sem destino, contente, vivendo por viver, um dia encontrou no desvio de um bosque uma raposa prateada que farejava o vento fresco.

– Irmãozinho – disse –, vejo que estás indeciso. Estás perdido?

– Irmão mais velho, na verdade – respondeu a raposa – este mundo é assustador. Procuro um lugar para viver com um companheiro que me ajude, nos anos bons e nos anos ruins, a atravessar os tempos difíceis.

– Tuas palavras me tocam, amigo – disse o Matreiro. – Também eu gostaria de uma casa bem acolhedora, de um compadre amável e de um céu azul sobre nós. E se caminhássemos juntos?

– Partamos – disse a raposa.

E os dois seguiram seu caminho, tranqüilos, conversando sobre coisas da vida.

Por volta de meio-dia, encontraram um gaio. Piava penosamente num galho baixo em cima do caminho. O Primogênito lhe disse:

– Pareces cansado.

— E estou — respondeu o pássaro. — Este mundo é impiedoso e sinto-me muito sozinho.
— Vem conosco, amigo, estamos procurando um teto seguro e irmãos fiéis.
— Com prazer — disse o gaio.
E partiram todos os três.

Encontraram um piolho. Deixava-se levar pela brisa da tarde. O Matreiro estendeu-lhe um dedo. Ele pousou na ponta da unha.
— Ser minúsculo, dize-me. Também procuras um refúgio aconchegante?
O piolho, atônito, respondeu:
— Como diabos adivinhaste?
— Sobe em minha sobrancelha direita, assim não ficarás mais sozinho.

À noite chegaram à margem de um rio. Ali havia carvalhos de folhagens reluzentes.
— Este lugar vos agrada? — perguntou o Matreiro.
— Perfeito — disse a raposa.
— Esplêndido — disse o gaio.
— Deus parece estar aqui — disse o piolho.
Construíram uma cabana, ali passaram o verão, o outono, empanturrando-se de frutas da estação.

Chegou o inverno, a neve muda e o frio cor de aço. Nem um só bago, nem uma só folha, nem um só pedaço de carne para roer. Uma noite em que tremiam juntos:
— Irmãozinhos, os tempos são duros — disse o Matreiro ao fim de um silêncio sinistro. — Conheço um povoado em que se assam todos as noites costeletas de urso. O filho do chefe é um caçador tão preciso quanto impiedoso. Procura uma mulher, ao que pa-

rece. Vou trocar de sexo e me fazer esposar. Assim teremos o que comer.

Chamou à porta um alce que passava por ali. O outro veio trotando até ele. O Matreiro matou-o, abriu-o, pegou o fígado, deu-lhe a forma da boca de baixo, colou-a sob o umbigo, depois arrancou-lhe os rins e com eles fez dois seios frescos e redondos. O piolho, a raposa e o gaio confeccionaram-lhe uma bela roupa de couro macio ornada de conchas.

– Estou bonita? – disse o Matreiro.

– Tão bonita – respondeu o piolho – que sinto me invadirem desejos perturbadores.

– Possui-me, meu amor, possui-me.

Rolaram sobre o colchão de palha, fizeram o que homem e mulher fazem.

– Piolho, apressa-te – gemeu o gaio, vendo agir seu compadre. – Também eu quero cavalgar!

O piolho gozou, cedeu o lugar. O gaio aconchegou-se vivamente. A raposa enfiou o focinho entre as patas do pássaro.

– Minha vez – disse com a voz rouca.

Quando todos os três, com a língua de fora, afastaram-se da cama:

– Vamos, crianças – disse o Matreiro.

Dirigiram-se imediatamente ao povoado.

Os compadres do Primogênito precederam no limiar das cabanas a ondulante e orgulhosa beleza que os acompanhava, sem bagagem. Tanto barulho fizeram, que o chefe, a filha e o filho saíram das choças, com os olhos acesos.

– Eis a esposa de que precisas – disse o pai a seu rebento.

– Eis a cunhada que convém às tuas filhas – respondeu-lhe, com o coração aos saltos, o intrépido solteiro.

As mesas foram cobertas com toalhas, o fogo foi atiçado, as bandeiras foram içadas. À bela ofereceu-se lombo de coelho, costeletas de urso grelhadas e tigelas de milho. O festim durou todo o inverno. Chegada a época, o Matreiro pariu três filhos cabeludos. Depois, numa noite de primavera, cansado de ser mulher, deixou o povoado com os companheiros.

Caminharam muito tempo. Tinham voltado a ser errantes. Buscavam um teto, não o encontravam em lugar algum. Chegando ao local onde se uniam dois rios, o Primogênito sentou-se e disse ao piolho, ao gaio, à raposa prateada:

– Pela última vez, irmãos, jantemos juntos. Esta noite voltarei ao país de onde venho.

Eles comeram, despediram-se. O Matreiro se foi caminhando entre as nuvens e a terra.

Deus reina sobre o mundo mais alto, o Primogênito sobre o segundo. O terceiro pertence à Tartaruga, o quarto à Lebre. É neste que vivemos, nos anos bons e nos anos ruins.

## Como Coyote casou-se

Era uma velha feiticeira, seu coração era um fruto podre. Tinha duas filhas tão belas quanto o sol na água gelada. Não viviam no povoado. Quando falavam delas em segredo, os rapazes diziam "lá longe". Todos desejavam aquelas belezas frias. Muitos deles tinham-nas perseguido até o interior de sua casa castanha. Nenhum voltara.

Um dia Coyote disse à mãe:
– Meu ventre tem sede. Vou até lá.
– Meu filho, cuidado com essas mulheres! Faze o que quiseres na casa delas, mas não as possua. A morte mora em seus buracos baixos.
– Bobagem – respondeu Coyote. – Põe luto se quiseres, eu vou em busca do prazer!
Partiu rindo.

A velha recebeu-o na soleira da porta com mil salamaleques e falsos sorrisos.
– Entra, pois, macho magnífico. Fica à vontade, senta-te. Filhas, venham logo! Reanimem o fogo, assem carnes, tragam pantufas e água perfumada!
Coyote instalou-se. Desatou o cinto e pôs-se a jantar línguas de bisão e coxas de lebre. As moças

ao seu redor ondularam os quadris e serviram-lhe bebidas entre cada bocado roçando-lhe as mãos, a boca, o rosto com a ponta dos seios. A cabana encheu-se de músicas risonhas. Deu meia-noite. Coyote bocejou.

– Deita-te pois entre minhas filhas – disse-lhe a velha –, está fazendo tanto frio! Elas manterão teu coração aquecido!

Ele se sentia um pouco atordoado, mas seus olhos internos estavam alertas.

A bruxa dirigiu-se a um canto escuro. Ele deitou-se na cama. As moças se despiram diante do fogo avermelhado depois se enfiaram sob as cobertas. Por um momento não se ouviu mais que o crepitar das brasas. Coyote finalmente sentiu uma respiração contra sua têmpora cabeluda. A caçula murmurou-lhe:

– Cuidado com nossos ventres, belo jovem. Nossa boca de baixo, assim como a de cima, é munida de trinta e dois dentes. A outra moça não é minha irmã. A bruxa não é minha mãe. Ela me fez prisioneira e me enfeitiçou. Coloca a mão sobre meu coração. Sentes como está batendo forte? Amo-te. Não quero te ver morrer como pereceram os pobres-diabos que antes de ti ocuparam este leito. Escuta, e toma cuidado. Estás ouvindo este som agudo?

O outro lhe respondeu:

– Estou ouvindo.

– Nossos dentes estão rangendo em sua gateira.

Coyote quis fugir. Pensou, tremendo: "Rápido, minhas armas, meu cinto, minhas botas, pernas para que te quero!" Sentiu duas mãos agarrarem-lhe a nuca.

– Homem forte – ronronou a mais velha –, deixa-me te dar prazer! Acaricia meus seios, morde minha boca, arranha-me, esquarteja-me, dá-me prazeres selvagens!

Coyote se levantou de um salto, pegou uma acha de lenha na beira do fogo, enfiou-a entre as coxas que se ofereciam.

– Finalmente um homem, um verdadeiro homem! – exclamou a ogra. – Ai, como me estoqueia! Ai, como é duro!

Lascas e fragmentos de madeira voavam do poço voraz. O pedaço de pau devorado pela gata ávida logo ficou curto como um osso de passarinho. Então Coyote pegou sua faca, mergulhou-a no coração da desvairada gulosa e foi até a velha. Cortou-lhe o pescoço. Após o quê, satisfeito, enxugou a lâmina e disse à caçula:

– Salvaste minha vida. Esposo-te. Fujamos!

– Só meu coração pode amar – respondeu-lhe a moça. – Se me possuíres, desgraçadamente minha toca devorará tua bela lança rósea, e eu não poderia suportar essa desgraça.

– Para tudo há remédio. Deita-te sob a lâmpada e esquece teus desgostos.

Ele abriu-lhe as pernas. Arrancou os dentes que lhe ornavam o damasco. Todos foram jogados aqui e ali na cabana, exceto um deles, gasto, pequenino, que ele deixou sozinho no ninho. Chamou-o de pimenta do prazer.

Foi assim, ao que parece, que Coyote casou-se e que o amor sem dentes finalmente nasceu.

# O pesadelo

No meio da noite, Iktomé, ofegando, ergueu-se em seu leito, rosnando como um urso. Enxugou a fronte. Sacudiu Coyote, que dormia perto dele. O outro acordou, atônito, com os olhos arregalados, virou a cabeça para todos os lados.

– Hein? Quê? Já amanheceu? Que é que está acontecendo?

– Irmão – respondeu-lhe Iktomé, trêmulo –, diga-me que tudo está bem, que jantamos juntos há pouco, que bebemos muito e que estou saindo são e salvo de um simples pesadelo.

– Um pesadelo? Tens certeza? E eu que estava dormindo tão bem! O medo é um veneno. Cospe-o. Pobre Ikto! Conta a teu amigo, tu te sentirás melhor.

– Sonhei que estava escondido numa mata. Havia moças à margem do riacho, a alguns passos de mim. Irmão, gostaria que tivesses visto aquelas belezas! Até o velho sol, entre as árvores, estava trêmulo!

– Em matéria de pesadelo, meu maroto, já vi piores.

– Uma delas tirou o vestido e os sapatos. Entrou na água, com os seios nas mãos. Um milagre vivo de inocência perversa!

– Eu bem que gostaria, às vezes, de ter pesadelos como esse – disse Coyote, zombeteiro. – Queres vendê-lo? Compro-o!

– Enquanto eu olhava suas ancas expostas ao vento, meu grande dedo entre as pernas quis tomar ar. Saltou para fora, pude vê-lo esticar-se na relva, no cascalho, atravessar o caminho. Compadre, sem brincadeira, eu tinha uma lança vibrante de trinta passos de comprimento.

– Considero-me um bom sonhador. Entretanto, velho saco de ossos, não me lembro de um sonho tão agradável!

– O belo mergulhou entre as pequenas ondas resplandecentes à luz da manhã. Roçou um pouco o ventre da moça, depois, com ar de quem não quer nada, beijou-lhe o tosão. Ela pareceu gostar. Então ele mergulhou na caverna de prazer.

– Oh, o velhaco está me excitando! E chamam isso, em tua família, de pesadelo? – disse Coyote, com o olhar vivo, com a baba no canto dos lábios. – Se me colocares vinte destes por noite, de verdade, em meu alforje, ofereço-te meu lugar no paraíso lá no Alto!

– Um sinistro rumor de rodas encheu repentinamente o ar – prosseguiu Iktomé. – Eu estava, a trinta passos de minha glande exploradora, naquele instante preciso em que o homem cria o céu, a lua, as estrelas e brada que é bom. Vi sair tarde demais de um monte de brumas um carro atrelado a oito cavalos furiosos. Um Branco com um grande chapéu no banco do cocheiro estalava o chicote gritando como um lobo. Era a diligência. Passou exatamente entre a moça e eu.

– Uau! É um pesadelo. Um verdadeiro pesadelo. Indiscutivelmente. Não admira que assuste. Retiro minha oferta, Iktomé, agora conta a teu Coyote um sonho simples, feliz. Inventa se quiseres, pouco importa, estou precisando. A noite ainda é longa e tenho medo de escuro.

## *Iktomé, o gabola*

Sentando num canto da choça, Iktomé olhava a mulher. Rosnava, com a cabeça baixa. Pensava: "É uma velha. Seu hálito fede a água estagnada. É enrugada como uma noz. Os seios são caídos. Dois odres flácidos. Trepar com esse saco de ossos? Não, obrigado. Meu heroísmo tem limites. Uma mulher ardente de traseiro irrequieto, uma carnuda, uma jovenzinha, uma fruta da estação colhida há pouco, eis o que meu coração exige, e por Deus, devo escutá-lo." Sua velha escolhia legumes. Sabia exatamente o que ele estava pensando. Dizia a si mesma, olhando por baixo: "Vejam só esse velho bugio! Imagina que está possuindo alguma deita-te-aí-que-eu-já-vou. O sem-vergonha! Conheço-o como a palma da mão. Está imaginando a cena, o velhaco! Está babando! E não é nem mesmo capaz de me enfiar o melro no ninho uma vez a cada dez luas. Paciência, meu belo, eu te pegarei."

– Tenho o que fazer – disse Iktomé.
Ela respondeu:
– Eu já imaginava.
Ele saiu, aspirando o ar fresco.

Quando estava passeando pelo povoado avistou, trançando o cabelo na frente de sua choça de pele de urso, uma moça de grandes olhos risonhos. Guizos tilitavam em volta de seus pulsos. Seus dedos eram graciosos como beija-flores. Quase sentiu, contemplando-a, a vertigem dos grandes cimos. Respirou fundo. Pensou: "É disso que preciso. Palavra de Iktomé, deitarei esta noite com esta maravilha."

– Jovem, desejo-te um bom dia. Tua choça abriga uma rainha.

"Belo começo", pensou consigo mesmo, contente. Ela riu como uma andorinha. Ele continuou, piscando um olho:

– Minha roupa está cheia de surpresas. Tu as queres? Posso dá-las.

A moça ria e ria.

– Esta noite, minha beleza, virei te encontrar. Fica na esteira à esquerda da porta. Virei deitar-me ao teu lado.

Ela chorava de rir.

– Sou, sem querer me gabar, um amante valoroso. Nunca esquecerás, minha gazela de mel, o prazer que te espera!

Ela quase perdia o fôlego de tanto rir. Pensava: "Este velho é cômico." E Iktomé: "Ela está rindo? Isso é bom."

– Tenho que ir embora – disse ele apertando-lhe a cintura de gazela em seu ventre repleto. – Minha bela, até daqui a pouco!

Da soleira da choça sua mulher tudo vira, quase tudo ouvira, e de qualquer modo tudo compreendera. Mal o marido tinha desaparecido, um olho à esquerda, um olho à direita, dirigiu-se à beleza morena.

– Não me digas nada, já sei. Tu o achas engraçado? Pois bem. A mim, minha filha, ele enraivece. Escuta. Esta noite empresta-me teu lugar, e até amanhã cedo-te minha cama, meu cobertor vermelho e meu assado de cervo.

– Tens um belo colar.

– Gostas? É teu.

– Entra, fica à vontade – disse a risonha fazendo um salamaleque.

À hora da coruja, quando todos em suas choças abriam a caixa dos sonhos, arrastando-se às cegas Iktomé entrou, apalpou o leito macio, aflorou no escuro o corpo nu da velha.

– Bela jovem, sou eu, Ikto, teu apaixonado.

Um ronronar doce acolheu seu murmúrio.

– Oh, este hálito perfumado! Aos diabos com o bafio nauseabundo de minha mulher! Oh, meu morango dos bosques!

A escuridão riu.

– Oh, estes seios macios e firmes! Oh, estas tetas intumescidas! E eu que só conheci os sacos balanguentos de minha velha marota! Oh, sinto-me reviver!

Um riso de nascente derramou-se sobre ele.

– Oh, o fogo dessas coxas! Ó minha loba! Oh, é bom! Tanto tempo fornicando um feixe de lenha morta!

Um pipiar agudo rasgou-lhe as orelhas.

– E estás molhada, oh, que maravilha! Oh, groselha suculenta! Oh, deserto conjugal, por que me deixaste tanto tempo sedento?

Um longo ulular misturado a insultos raros maravilhou-lhe os sentidos.

– Estou gozando! Oh, meu céu! Minha via-láctea! Minha lua!

Abateu-se, morto de cansaço, no úmido calor de um sopro zombeteiro. Recobrou o espírito.

– Então – disse –, feliz?

Sua companheira de cama ria às gargalhadas. "Ela dá risinhos ou gargalha, ela ronrona, ela pipia", pensou o velho gabola. "Pela boca de cima é tola de fazer dó, mas a boca de baixo diz muito bem as coisas."

– Bom, tenho que ir embora – disse. – Voltarei esta noite.

No tempo em que ficou vagabundeando um pouco no povoado, as mulheres retornaram a seus ninhos. Na soleira de sua choça:

– Estou com uma fome de lobo! – gritou entrando em casa.

A esposa saltou da sombra empunhando um porrete. O primeiro golpe atingiu o crânio.

– Ah, meu hálito fede! Repita, velho peidorreiro!

– Ai, ai, ai! Ei, calma!

– Ah, meus seios são flácidos! E isso aqui, diga-me, como é?

– Devagar, estás me matando! Ai! Meu coração! Meu ombro!

– Ah, sou um feixe de lenha de fenda pálida!

– Nas costas não! Socorro! Suplico-te! Ai!

Ele foi embora arrastando uma pata inutilizada, com uma mão nos rins e outra procurando Deus. Correu até o riacho, sentou-se, pensou: "Reflitamos. A evidência se impõe, terrível e simples. Deitei esta noite com minha velha pele. A desgraçada! Enganou-me. Ei, meu tato normalmente tão sutil está falhando de forma preocupante. No futuro, prudência. E agora, meu belo, diplomacia. Voltemos sem tardar às nossas necessidades."

Voltou para casa.

— Escuta, vamos fazer as pazes — disse com os braços abertos. — Sabes que o sol te faz bem, minha flor? Oh, vejam este rosto! És realmente bela. Radiosa é a palavra certa. Danada, não negues. Confessa que teu Ikto te deu prazer. Vem, beija-me.

E farejando em volta:

— Que temos hoje para o café da manhã?

## *A inocente*

Era uma vez uma bela jovem. Era donzela. Nada sabia do bastão vivo que todo homem esconde em sua parte mais quente. O velho Iktomé babava vendo-a ondular as ancas e colher morangos oferecendo os seios às borboletas brancas. Mas como possuir esta imaculada sem assustá-la? O desejo é todo-poderoso. Transformaria um asno num inventor de estrelas! "Ikto, reflita", disse consigo mesmo o iluminado. "Ela conhece as mulheres, ignora os homens. Aproximemo-nos. Vou me vestir de avozinha. Assim poderei engabelá-la sem que desconfie de nada." Ataviou-se pois com um vestido comprido e um bracelete de dentes de camundongo.

Naquele dia o mundo estava com os olhos azuis. O sol ria no céu límpido, o riacho também. Iktomé foi caminhando pela margem. Logo encontrou a irmãzinha. Estava sentada à sombra de uma árvore. Tirava os sapatos.
– Como o dia está bonito, menina! Oh, estou com dor nas costas!
– Mãe, que a paz esteja contigo! Queres atravessar?
– Sim – disse Iktomé. – Atravessemos juntas.

A falsa e a verdadeira, uma seguindo a outra, entraram na água arregaçando os vestidos.

– Oh – disse a ingênua –, oh, mãe, como tuas pernas são peludas!

– Os velhos ficam peludos, é a idade, minha filha!

A corrente subiu. Iktomé arregaçou ainda mais o vestido.

– Oh, mãe, como tuas coxas são enrugadas!

– Sinal de virtude! Sê boa, minha filha, um dia terás belezas como estas!

A água subiu ainda mais. Iktomé amarrou o vestido no umbigo.

– Oh, mãe, este dedo que pende sobre estas bolas! Nunca vi tal ornamento!

– Através de terrível magia, um feiticeiro há muitos anos colou-o aí! Oh, como gostaria de me livrar disso!

– Mãe, corta-o!

– Cortá-lo? Por desgraça o feitiço não o permite, não é cortável! Conheço um meio de subjugá-lo, mas não ouso dizê-lo!

– Mãe, que meio é este? Fala, não tenhas medo.

– Seria preciso, minha filha, mergulhar esta lança em tua fenda obscura.

– Mãe, mergulha-a então! Confortar o próximo apraz a Deus!

– Oh, minha bondosa filha! Oh, minha perfumada! Vamos nos deitar ali na margem!

Sobre a relva Iktomé abriu-lhe as pernas e colocou o instrumento no forno secreto.

– Oh, mãe, está doendo! A coisa está crescendo!

– Estás absorvendo minha dor, minha filha, obrigado!

– Oh, estou me habituando, vai, minha mãe, vai!

Iktomé gozou num longo grito vermelho, retirou seu petíolo do poço delicioso.

– Oh, mãe, olha, ele encolheu!

– Ainda não o suficiente, temo que ele se retese novamente. Minha filha, segura-o com tuas mãozinhas. Sentes como está vivo?

– Mãe, é preciso domar novamente o animal. O feitiço é poderoso. Sejamos corajosas e duras na desgraça.

Abriu as coxas, recolocou o sabre no bosque molhado.

– Mãe, não tenhas pressa, gosto de assim ajudar o próximo.

Iktomé deu um grunhido sombrio e gozou de novo.

– Mãe, olha, a coisa fundiu. Não se mexe mais. Está chorando pelo nariz.

– Filha, sinto-a novamente em guerra. Oh, a desabusada! Oh, a turbulenta!

– Mãe, nada temas, conheces o caminho, cuidarei de ti tanto quanto for preciso.

A terceira vez foi lenta e prazerosa. Finalmente Iktomé relaxou, saciado.

– Filha, já chega. Voltemos ao povoado. Já não sinto dor. Eis-me curada.

– Mãe, é pena. Oh, gosto de teu mal! Volta pois a deitar-te em cima de mim!

A quarta vez foi demorada e difícil. Quando conseguiu chegar ao fim, Iktomé tinha os olhos vidrados. "Basta destas mulheres de ventres vorazes! Esta noite, por mil deuses, virarei eremita", disse consigo mesmo Iktomé.

# O *fantasma*

Muitos invejavam aquele rapaz. Era tão belo! Seus olhos eram escuros como a noite sem lua, e entretanto deslumbravam as moças. Elas viam a manhã quando ele as olhava. Pouco falava com as pessoas. Diziam-no altivo. Parecia sem cessar ocupado com outra coisa. Tinha em si esta força que os velhos chamavam "medicina do arrebatamento". Não era bruxo, mas enfeitiçava os seres. Quando sua flauta cantava, ao cair da noite, às margens do riacho, os pássaros o escutavam, os grilos se calavam, e o vento se acalmava, e até as nuvens no céu enlanguesciam. Se alguma moça ouvia sua música, uma felicidade dolorosa invadia-lhe o corpo. Se estivesse brincando com os irmãos e irmãs, as amigas, o esposo, parava de falar, seu riso trincava, seu olhar partia, não conseguia manter o espírito no corpo, e seus pés a levavam até o belo desdenhoso às margens do riacho.

De quem herdara esse poder? Ninguém poderia dizer. Talvez o tivesse encontrado em seu caminho anterior à vida, no tempo em que seus pais não o conheciam. Tinha o coração seco como uma rocha no deserto. Todos viam que não gostava das mulheres. Gostava de seduzi-las. Gostava do instante em que se ofereciam a ele, em que subjugava-as totalmente. Mas logo se cansava. Uma noite bastava para esvaziar seu desejo. Mal o sol se levantava ele virava-lhes o rosto, ou se as olhava era com desprezo.

Uma noite notaram sua ausência no povoado. Ficaram preocupados. Todos tinham voltado da caça ao bisão, exceto ele, o belo tocador da flauta feiticeira. Encontraram seu corpo no dia seguinte de manhã na relva, à beira do lago. Alguns corvos planavam em volta do cadáver. Estava de bruços e com os braços bem abertos, tinha uma flecha enfiada entre as duas espáduas, no lugar do coração. Vários eram os pais, os irmãos, os maridos que odiavam aquele homem. Levaram-no até os seus, vestiram-no com sua mais bela roupa, calçaram-no com mocassins com solas ornadas de orações, ergueram a pira fúnebre, finalmente colocaram-no sobre ela e todos voltaram à vida do dia-a-dia.

Ninguém mais pronunciou seu nome, quiseram esquecer o mal que havia feito, mas alguém do povoado tinha traspassado seu corpo. Como não pensar mais nisso? Uma noite, de repente, os cães em volta das fogueiras começaram a uivar. Os coiotes lhes responderam, ao longe, nas colinas. Todos abaixaram a cabeça e se puseram à espreita. Sabiam que um fantasma errava entre a bruma e as primeiras choças. Ouviu-se repentinamente, na brisa, uma flauta, depois uma pobre voz que todos reconheceram, e esta voz cantou:

*Gozei tantas vezes em cima de tantas moças*
*[enlevadas!*
*Tenho tanto frio agora, ó minhas pobres fontes de*
*[acalanto!*

*Quem me consolará, pobre alma penada?*
*Não sei quem procuro e canto, e canto!*

Toda noite este canto vinha, afastava-se e voltava de novo. Quando o vento o levava embora, todos pensavam que finalmente ficariam tranqüilos, livres, mas sem cessar o vento o trazia de volta com um vigor renovado, e as moças enfiavam os dedos nas orelhas para não se deixar invadir de corpo e alma e correr em socorro do ser incurável e lhe oferecer seus braços, suas bocas, seu calor.

Quando o sol se levantou, os homens decidiram estabelecer-se em outro lugar. A pradaria era bela e o rio acolhedor, mas como ficar numa região assombrada por um homem que, mesmo morto, não podia mitigar sua sede de mulheres? Ele não seguiu os vivos. Onde está agora? Talvez Deus o saiba, mas ele com certeza não. Seria preciso, para que encontrasse seu verdadeiro caminho, que amasse um ser humano, ou pelo menos alguma coisa, um animal, um cascalho. Mas poderá algum dia?

*No coração do bosque mais espesso*
*o desejo sempre encontrou onde plantar a árvore*
*[da vida.*

*Deseja tudo.*
*Deseja o desejo.*

*O amor é o único bem*
*que a divisão aumenta.*

*Pode-se fazer tudo com a ponta dos lábios.*
*Até mesmo o amor.*

*Homem e mulher*
*uma única alma.*

*A mulher é temerária,*
*mas o Criador gosta da temeridade inspirada pelo*
*[amor.*

*Ama-a,*
*e verás o céu na palma de sua mão.*

*Na guerra do amor
valente é aquele que depõe as armas.*

*Se queres amar,
esqueças de ti.*

*Amar e reclamar recompensas
não é próprio de um verdadeiro amante.*

*Europa*

GRÉCIA ANTIGA

# *Tirésias*

Tirésias nada tinha, naqueles tempos prodigiosos, do vidente doloroso que levou Édipo a ver claro, ele o cego, nas obscuridades atormentadas de sua vida. Era um jovem estouvado de figura alta, furiosamente alegre, absolutamente despreocupado. Caminhava sem cessar, sequioso do desconhecido, de rostos novos, de paisagens novas. Imaginava seu destino reto como a haste de uma flecha. Nada sabia deste deus brincalhão que maneja os homens a seu bel-prazer e traça na ponta das sandálias de cada um seu inevitável caminho.

Uma manhã, passando pelo monte Cilene, este deus quis que ele largasse seu saco na sombra de um pinheiro. Bebeu de seu odre, aspirou o ar fresco. Ora, quando estava divagando, com os olhos perdidos ao longe nas brumas azuis, um farfalhar vivo o fez sobressaltar-se. Uma moita, perto dele, estava balançando. Debruçou-se. Entre os espinheiros viu duas serpentes acasaladas. Surpreender esses animais em trabalhos de amor nada augurava de bom, de acordo com a opinião dos sábios. Levantou o cajado, desferiu um golpe, rosnando. A pancada rachou a fronte da fêmea. Mal vislumbrou o macho erguido, ereto sobre a cauda enrolada. Sentiu-se mordido. O animal desapareceu como uma corrente de água sob a terra. Tirésias olhou o polegar ensangüentado. Seu espírito turvou-se. Sentou-se sobre uma rocha, com as orelhas zumbindo e as mãos cravadas em seu longo cajado de cedro. Num suspiro adormeceu.

Quando acordou, o sol mergulhava no fundo do céu avermelhado. Esfregou os olhos, depois apalpou o corpo e de um salto pôs-se de pé, com o olhar desvairado, procurando avidamente aquele que acreditava ser. Não era mais um homem. Uma ausência desesperadora abaixo do umbigo, curvas, formas arredondadas, seios carnudos e altivos surgiram-lhe entre as mãos. O veneno da serpente transformara-o em mulher.

Era um ser aventureiro. Passada a primeira palidez, uma viva impaciência invadiu-lhe o corpo. "Sei tudo", pensou, "a respeito do macho. Fui um. Eis que me é dado penetrar no mais profundo dos mistérios feminis. Pode haver na vida presente mais encantador? Nunca nenhum ser terreno explorou as vertentes opostas da natureza humana. Vou finalmente transpor o portal proibido, a soleira inacessível a todo homem comum e experimentar o prazer de uma mulher deitada." À noite, a nova criatura, maravilhada com os olhares passageiros que erravam sobre sua roupa, entrou numa cidade branca e ali decidiu estabelecer-se. Aprendeu em alguns dias o velho ofício de puta.

Por sete anos fartou-se de soldados e padres, adolescentes ternos, velhos, até o dia de primavera todavia semelhante aos outros em que foi tomada pelo desejo repentino de rever o vento, os zumbidos dos insetos e a luz azul daquele lugar em que havia tempos perdera a pele de homem. Partiu então para o monte Cilene, em segredo, empunhando o cajado.

No cimo parou à sombra do velho pinheiro e com os olhos cerrados aspirou, como naquele dia, a brisa. Arbustos amarfanhados, perto dela, mexeram-se. Ela estremeceu, furibunda e contudo jubilosa. Pensou: "Sabia que seria assim." Empunhou o cajado. Duas serpentes se ergueram, enroladas uma na outra, sobre o silvado cheio de espinhos. O golpe foi desferido. Desta feita foi o macho que se partiu como uma noz. A fêmea mordeu-lhe o dedo. A moça imediatamente adormeceu. À noite, acordou um jovem Tirésias de peito reto, de coxas duras, de quadris estreitos, com o sexo firme e tranqüilizador. Retomou a vida de andarilho.

Os deuses sempre serão nossos senhores: nós os supomos, eles nos vêem. Souberam pois, em seu Olimpo, da aventura deste errante que, ao menos num ponto, superava-lhes o saber. Seu corpo gozara tanto como homem quanto como mulher. Ora, aconteceu que Zeus, numa noite de vinagre, teve que suportar o humor de sua esposa Hera. Estava voltando, pimpão, de um adultério qualquer. Ela odiava essas escapadas. Disse a ele. Como um touro que uma mosca atormenta, o deus dos deuses insurgiu-se molemente.

– Cala-te, mulher – disse. – Falas sem ter razão. Quem come pouco tem fome sempre. O gozo macho é breve. A necessidade é pois incessante. O prazer de uma esposa é mais vasto e profundo como nunca será aquele que o macho experimenta. Pensa nisso e pára de reclamar.

— Bobagem — respondeu Hera. — Teu grito de êxtase sacode o universo quando o sétimo céu te desce ao ventre, enquanto eu, pobrezinha, mal gemo.

Quem poderia resolver a questão? Nem um nem outro, ambos concordaram. Um único ser sabia. Zeus, cansado de ser importunado, propôs que o chamassem e que se dirigissem a ele.

Tirésias, que adormecera numa pobre enxerga, viu-se repentinamente instalado no quarto divino.

— Homem — disse Zeus —, esclarece-nos. Quem goza mais forte, o homem ou a mulher?

O errante respondeu-lhe:

— A mulher, sem nenhuma dúvida. A tal ponto que às vezes sinto saudades de minha boca de baixo.

Zeus sorriu, triunfante. Hera rosnou. Julgou Tirésias tão hipócrita quanto tolo, e apontando-lhe repentinamente, em direção ao rosto surpreso, um dedo vingador, privou-o da visão. Zeus debruçou-se então sobre o justo imprudente.

— Fica tranqüilo — disse-lhe. — Não vês exteriormente, verás interiormente. Saberás tudo dos seres. E, através de meu sopro negro que te está invadindo o corpo, terás de agora em diante o dom da profecia.

Sua barba cresceu, a cabeleira também. Tirésias naquele instante tornou-se um homem sem idade, aberto aos mil ventos do mundo e do espírito.

## *Europa*

    Quando Europa, filha de rei, cuidava do rebanho do pai nas dunas à beira do mar, Zeus a viu através do olho do sol. Ela era bela, ele era deus. O duro desejo de gozar da jovem assaltou-o imediatamente. Riu, no silêncio azul. Despenhou-se do céu sobre a praia e transvestiu-se em touro branco. Seus chifres eram duas luas novas. Seu olhar era verde e negro. Veio estender o cangote à mão frágil de Europa. Ela assustou-se. Ele mostrou-se manso. Curvou humildemente as patas. Ela comoveu-se, sorriu um pouco, ousou, tímida, uma carícia. Na relva ele pousou o focinho. Em sua testa ela pousou os lábios. Ele rosnou, com os olhos semicerrados, como uma tempestade adormecida.

    Então ela levantou-se subitamente, correu a colher flores do campo, voltou para ornar o corpo potente, ficou embriagada ao vê-lo submeter-se às suas brincadeiras graciosas, a seus caprichos, ofereceu os seios pontudos ao hálito morno de suas narinas, finalmente montou o animal, bateu em seu lombo, triunfante, com a cabeça coroada de brisa. Ele dirigiu-se trotando para o mar, entrou no rumor das ondas. As flores caíram na água cinza, afastaram-se ao sabor do refluxo. Europa, agarrando-se aos chifres, protestou, esperneou, gritou:

– Volta para a terra, obedece! Obedece, vamos, meu animal selvagem!

O focinho branco fendeu a espuma, depois levantou-se, saiu da água, o galope tornou-se prodigioso entre os respingos cintilantes, o vento desfez os cabelos, as roupas e os adornos. Europa gritou ao céu molhado, com o coração batendo como uma porta, embriagada de vida, morrendo de pavor. No tempo de um revolver de alma, o mar voltou aos joelhos, beijou os pés nus da moça, retirou-se da areia fina. A água apagou o primeiro passo do touro branco na margem. A criatura que Zeus amava rolou entre suas patas esticadas. Estavam na ilha de Creta. Sob as muralhas de uma cidadela balançavam-se grandes barcos.

Europa correu, tropeçou, alcançou um bosque de salgueiros. Caiu, com as mãos sobre o rosto. O touro veio, abriu-lhe as pernas com uma focinhada veemente. Ela ousou olhar aquele que lhe escondia o céu, as árvores. Viu um homem com olhos de criança. Um sexo rude transpassou-a. Um jato de fogo atravessou-a das profundezas do ventre à garganta, e da garganta saiu-lhe um arquejo de terror, um estertor de morte e de amor, um grito de nascimento desesperado. Uma ventania levantou-se subitamente. Ela ousou olhar mais uma vez. Viu uma águia de vastas asas despregar-se dela e levantar vôo, e desaparecer no sol. Soube então, com os olhos arregalados, quem acabara de ser seu amante.

Assim são os amores divinos, tirânicos, violentos, simples. Mas quem sabe do bem e do mal? Os deuses não brincam, fecundam. Europa teve de Zeus três meninos. Envolveu-os em três sacos de pano, procurou para eles um pai vivo. Foi Astérios, rei de Creta. Esposou-o e partiu. Já não amava o mundo. Foi recebida, no momento certo, nos altos jardins eternos.

# O nascimento do Minotauro

Minos, filho de Europa, reinou, depois de Astérios, sobre Creta. Era um homem rude e orgulhoso. No dia da coroação fez um voto à beira das ondas. Chamou Posêidon, deus das brumas e dos oceanos. De pé sobre um rochedo cheio de espuma ele gritou, com a boca salgada:
– Que um touro nasça de tuas águas, que venha a mim e me saúde, que seja o sinal de nossa aliança! Se me atenderes, pai molhado, oferecer-te-ei em sacrifício o coração, as entranhas e o fígado do animal!

Assim como uma manhã nova do horizonte azul, emergiu um animal fascinante. Mal aflorando a espuma, caminhou diretamente para o rei. Ninguém, na memória dos homens, jamais vira sob o céu touro mais graciosamente nevado. O rei Minos gritou de alegria. Levantou sobre ele a faca, hesitou um instante, com a lâmina atravessando o sol, recolocou a arma na cinta e caiu, com a testa na terra, rindo como alguém perdidamente apaixonado. Sacrificar um animal como este? Antes renunciar até o fim dos tempos aos banquetes, às mulheres, aos companheiros de armas! Antes renunciar à vida! Mandou que o levassem ao prado em meio a seus incontáveis rebanhos.

Posídon abriu impacientemente as brumas com as costas da mão, viu o touro sobre a colina e franziu as sobrancelhas espessas. O rei Minos o tinha enganado. Rosnou, vociferou, indignou-se. Finalmente, ruminou vingança. Numa noite em que a chuva caía sobre o palácio, nos aposentos da rainha Pasifae ele entrou como entram os sonhos. Ela dormia com a boca entreaberta. Insinuou-se em seu corpo, comoveu-lhe o coração e os sentidos e instalou este desejo violento em suas ancas majestosas: ser amada pelo grande touro branco, ser por um dia, uma hora, um instante, a qualquer preço, sua esposa. Ela acordou no dia seguinte com o abominável desejo no ventre, no coração, na alma. Ficou apavorada, resistiu, quis amarrar braços e pernas para não correr ao estábulo. Finalmente, foi ver Dédalo, o engenhoso engenheiro, o incansável construtor, o escravo de idéias divinas.

Confiou-lhe sua loucura. Perguntou-lhe, com a voz rouca, as mãos trêmulas, a cabeça baixa:
– Como gozar deste animal?
O outro foi até a janela. Ficou um longo tempo silencioso, contemplando o mar e as gaivotas, depois voltou e disse:
– Já sei. Terás teu vestido de noiva.
– Trabalha rápido – disse Pasifae.
– Em três manhãs – respondeu o homem.
À aurora do terceiro dia ela se vestiu, correu ao prado, avistou Dédalo entre as brumas róseas. Acariciava o focinho negro de uma novilha de patas retas.
– Rainha – disse ele –, aproxima-te.
O animal, sob o pêlo reluzente, era oco e feito de madeira. Seu corpo abria-se como um cofre.

— Tira tuas roupas de mulher. Coloca as pernas até o alto nas duas patas de trás. Deita-te sobre a coluna vertebral.

A apaixonada entrou no animal. Dédalo fechou as costas. O touro de Posídon viu-a na beira da cerca. Mugiu ao céu, veio até ela, pôs-se de pé como um homem e possuiu a mulher ali trancada. Ela gritou e gemeu durante muito tempo na carapaça impassível.

A rainha saciada pôs no mundo um menino com cabeça de touro. Foi batizado de Minotauro. O rei Minos, aterrorizado, consultou os adivinhos de Creta.

— Quem é o pai deste ser?
— O animal vindo do mar.
— Através de que terrível sortilégio ele seduziu Parsifae?
— Dédalo sabe — disseram os sábios.

Minos mandou vir diante dele o muito caritativo arquiteto. Agarrou-lhe a nuca ereta, fê-lo curvar-se até o chão, colocou o pé sobre seus ombros.

— Constrói ao redor do Minotauro um labirinto como nunca se viu. Que seus meandros sejam infinitos, que suas armadilhas sejam fatais. Quero que aí seja trancada com seu terrível rebento a rainha indigna do sol e de meu olhar soberano. Quanto a ti, construtor perverso, assim que for fechada a porta do impenetrável edifício, junto com teu filho, o jovem Ícaro, irás morrer na prisão.

Assim foi feito. Muito tempo depois, Ícaro e Dédalo fugiram pelo alto caminho dos pássaros, e Teseu, que Ariadne guiou, penetrou no quarto escuro em que o monstro esperava a morte. Mas isso são outras histórias.

## *Héracles e Onfale*

Sucedeu que Héracles, passando pela Lídia, conhecesse a rainha Onfale. Deu-lhe três meninos e viveu tanto tempo de preguiça açucarada, de indiferença feliz e de amor delicioso no vasto palácio, que inicialmente todos, homens e deuses, se espantaram, depois franziram o nariz, e um dia acabaram por caluniá-lo.

– Parece que ele fia a lã – murmuravam, com um ar seguro. – E se ele se confunde ou quebra o fio a rainha Onfale repreende-o e bate-lhe nos dedos.

– Além disso – pretendia algum outro –, sua pele de leão está comida de traças. Só serve para espanar os móveis. Agora ele usa colares, pulseiras de ouro, turbantes de mulher, xale púrpura e cinto enfeitado. Se querem saber minha opinião, dá pena vê-lo assim.

– Pior – acrescentou com voz secreta um pretenso bem informado –, deita-se aos pés da amante, come humildemente em sua mão e não sente nenhuma vergonha. Está perdido, de corpo e alma.

Tudo não passava de uma mistura de suposições, mentiras, murmúrios perversos e maledicências doentias. Eis como, de fato, a fábula nasceu.

Onfale e seu príncipe dos Fortes visitavam numa manhã suas vinhas nas colinas de Tmolos. O deus Pan, de um pequeno bosque vizinho, viu-os atravessar a luz. A rainha estava vestida de vermelho, a brisa descobria-lhe os seios. Pan abriu os olhos, a boca, e com o coração subitamente agitado sentiu-se invadido por um amor desesperado. "Quero", disse a si mesmo, "esta mulher. Eu a possuirei antes do amanhecer."

Ora, quando Onfale e Héracles à sombra fresca de uma caverna gozavam de um repouso de apaixonados, a rainha, por capricho brincalhão, quis trocar de roupas com seu hércules. O embate foi terno e risonho. Héracles, deixando-se vestir, arrebentou a gola e as mangas. Só pôde entrar pela metade nas sandálias de cordões de ouro. Nos dedos colocou os braceletes, os anéis nos lobos das orelhas, os colares em volta dos pulsos, enquanto Onfale perdia-se na túnica de seu homem. Divertiram-se um com o outro, depois brincando do que não eram ficaram comovidos, acariciaram-se e finalmente amaram-se longamente. Chegada a noite, na caverna, cada um adormeceu em sua cama.

Então Pan, com o olhar brilhante e sombrio, foi sob o rochedo até onde eles estavam. Levantou nas trevas um fundo de lençol, enfiou o nariz, apalpou um evidente vestido, e já teso esgueirou-se sub-repticiamente junto dele. Héracles, ainda meio adormecido, pensou tratar-se de um animal perdido. Resmungou, dando no escuro um coice sonolento. O espertalhão, com o traseiro sobre a cabeça, gritando como um porco escalpelado, acabou beijando a parede com a testa, a boca e a barriga. Onfale, que acordara imediatamente, acendeu uma tocha na fogueira. Héracles se pôs em pé. Ambos viram o ensangüentado procurando os dentes na poeira. Admiraram-se, riram às lágrimas, enquanto Pan, mancando, fugia sob a lua pálida.

Quem para se vingar fez correr esse boato estranho de que o bravo Héracles se perdia noite e dia, num palácio feminil, em perversidades moles e jogos efeminados? O velhaco de pé de bode, Pan, o eterno lúbrico, e os deuses o escutaram, e os homens nele acreditaram. Assim a lenda vai junto com a calúnia. As duas são irmãs, mas inimigas. A lenda é cheia de seiva. A calúnia só tem veneno. E a verdade, perguntareis? Este mundo não é seu jardim.

GRÉCIA

# O sapateiro no convento

Era um sapateiro tão alegre e ingênuo que ignorava o mal. Bebia sem acanhamento, fornicava sem medo de perder entre dois lençóis sua parte de paraíso, e na sexta-feira santa, se algum leitãozinho caísse em seu prato, amarrava um guardanapo em volta da garganta e se regalava à saúde de Deus.

O tio-avô cura perdia, por sua causa, o sono, a vontade de beber e comer. Caiu doente. Numa manhã, com as bochechas cinzas e as pálpebras pesadas, não pôde conter-se. Entrou, resoluto, nos perfumes de couro que banhavam a cabana do sobrinho, sentou-se prudentemente sobre a palha esburacada de uma banqueta capenga e disse:
– Meu caro sobrinho, em breve comemoraremos as festas da Páscoa, e gostaria de convidá-lo a visitar-me. Minha casa, como sabes, fica perto da igreja, aonde nunca vais. Poderias aproveitar a ocasião para finalmente ali entrar, confessar tuas faltas e receber a hóstia com a comunhão.
– A hóstia? A comunhão? – respondeu o jovem. – Ué, o que é isso, meu tio? Tanto quanto me lembre, nunca provei de tal cozinha.

– Ai, o desgraçado! Está me pondo doente! Está me matando! Esta cozinha, homem desavergonhado, é a do Senhor. Fica pois sabendo que Jesus, neste domingo, por piedade pela tua alma grandemente indigna, gostaria de contigo partilhar bom vinho e pão de vida.

– Eis aí, caro parente, uma excelente idéia. Vinho? Sou um grande apreciador. De qual vinha provém? Pão? Daqueles dourados, cheirosos, bem macios?

O padre suspirou, fez cara de quem ia entregar a demissão a Deus, depois dando uma derradeira chance à paciência expôs longamente o sentido e as razões destas coisas sagradas.

– Muito bem – disse-lhe o sapateiro. – Já que Deus ama-me o bastante para escutar minhas faltas, eu as confiarei a ele. Feito isto, se ele quiser, engolirei a hóstia.

No dia seguinte de manhã ele foi à confissão, e com voz alta e franca confessou seus pecados, taras e faltas sem omitir nada, nem detalhe sórdido nem perversidade rara. O padre ficou totalmente aterrado.

– Meu sobrinho, é demais – disse-lhe chorando. – Não posso absolver-te. É preciso que o próprio Deus aceite lavar tua alma pervertida. Retira-te por três anos nos confins do deserto. Reza. Não consumas mais nem pão, nem vinho, nem carne. Esquece sobretudo as mulheres, e se quiserem, lá no Alto, ter piedade de ti, serás perdoado. Vai. Assim seja.

O sapateiro achou que Deus estava fazendo drama, mas já que era preciso foi instalar sua tenda na areia, fora dos caminhos batidos, entre os arbustos cinzas e os crânios esbranquiçados dos viajantes perdidos. Lá ele viveu de vento, de pedaços de vegetação amarelados e de raízes sujas. Emagreceu até os ossos. Muito entediou-se.

Um dia, quando errava comendo piolhos e insetos roubados da brisa passageira, avistou ao longe, erguidos entre as rochas, os altos muros de um convento. Disse a si mesmo que ali encontraria talvez ao menos alguma coisa para cobrir os ombros curtidos. Foi até lá, com a cabeça curvada contra o vento ardente. Chegou à noite sob as janelas apagadas. Apenas uma brilhava. Lançou um cascalho na vaga luz. Um rosto de mulher apareceu, debruçou-se.

– Que queres, peregrino?
– Senhora, repouso.

Na mesma hora a figura apagou-se vivamente, e ele viu, lá dentro, movimentar-se uma luz de lamparina, ouviu ranger o batente do portão, uma mão segurou-lhe o braço, puxou-o para dentro do pátio. Havia quatro árvores em volta de uma fonte. Ele deixou-se conduzir até o alto de uma escada. Ali havia um quarto. Empurraram-no para dentro. Ele sentou-se educadamente na beirada de um edredom. A senhora caridosa finalmente o olhou.

Era jovem e bela e, contudo, mãe abadessa. Reinava sobre este lugar em que viviam piedosamente trezentas e sessenta freiras. A primeira coisa que disse foi:

– Meu filho, deves tomar um banho. Um bom banho perfumado. Estás precisando.

Ela esquentou a água, depois ensaboou todo o ermita famélico, envolveu-lhe o corpo em grandes panos macios e foi até a cozinha. Voltou com um belo pão apetitoso, uma coxa de carneiro, uma jarra de vinho suave e alguns doces, numa bandeja de prata.

– Sofreste demais, meu filho – disse ela. – Come à vontade e bebe o suficiente para arredondar esse ventre de umbigo pregueado.

O outro fez uma careta. Suspirou:
— Pobre de mim, o pão me é proibido.
— Isso não é pão, meu filho, fica tranquilo. Entre nós isso se chama "micha de oferenda".
— Nesse caso dele provarei com prazer, bela senhora, e deixarei para ti, se me permitires, esse infernal pernil de carneiro que faria salivar o próprio Santo Pai.
— Não é um pernil de carneiro, que estás pois imaginando? Nada mais é, graças a Deus, que uma humilde colação.
— Oh, se assim é, serve-me, por favor, tanto quanto queiras. Mas retira, por Deus, esse vinho do campo de minhas narinas. Ele me excita. Ele me irrita.
— Vinho, isso? De jeito nenhum. Apenas um suco de uva que mal fermentou.
— Então brindemos, senhora, à saúde do Céu!
Ele bebeu, depois com os olhos brilhantes:
— Oh, teu corpo me comove. Por piedade pelos meus sentidos, afasta-te um pouco.
Ela sentou-se perto dele, e com as faces coradas abriu lentamente a camisola de linho. Os seios libertados puseram o nariz para fora.
— Roga-se tocá-los, dá-me tuas mãos. Eu mesma as colocarei onde queres que elas vão.
— Pobre de mim, senhora, pobre de mim, meu tio confessor foi formal sobre este ponto. Não devo tocar nem a mínima parte de uma mulher.
— Está tudo bem, meu amigo, pois não sou uma mulher. Vamos, olha-me, sou uma freira, nada mais.

Ele olhou, tocou e se deixou tocar, fornicou até a exaustão, gozou e fez gozar com tanto furor que a senhora abadessa, montada cavalgando ou deitada sendo cavalgada, gritando, extasiada, como uma matilha de lobos, fez cair da cama trezentos e cinqüenta e nove religiosas de camisola. À aurora todas elas estavam diante da porta fechada, imaginando que finalmente voltariam a cavalgar impetuosamente e fazendo circular notícias do *front*. Quando a senhora e o amante apareceram na soleira, aplaudiram entusiasticamente. Uma porta-voz saiu enfim das fileiras. Disse em nome de todas:

– Um homem aqui, minha mãe, é um dom do Senhor. Se ele te fez bem, a justiça quer, já que tudo em nossa casa é propriedade comum, que também a nós faça bem, cada uma à sua vez.

A mãe superiora assentiu, mas de má vontade. Teria preferido que seu caro sapateiro só tivesse que calçar seu pequeno pé nu, mas como resistir aos exigentes desejos de uma multidão de moças? Nosso homem pôs-se então ao trabalho naquela mesma noite. Viveu um ano como um príncipe de harém. Após o quê, numa manhã, trezentas e sessenta vezes das faces destas mulheres ele enxugou lágrimas, e voltou para casa.

Três anos haviam se passado. A penitência, enfim, chegava ao termo. Ele estava satisfeito. Seu coração, na sua opinião, estava purificado, seus pulmões arejados e sua alma bem limpa. Após dez dias de caminhada chegou à cidade e foi diretamente à casa de seu tio-avô abade. Foi ali acolhido com alegria transbordante e transportes emocionados.

– Fizeste, meu filho, tudo o que te disse? – perguntou o religioso após os abraços.

– Com a ajuda de Deus – respondeu o sobrinho – vivi segundo teus desejos no deserto.

– Comeste pão?

– Não, meu pai, nunca. Alimentei-me somente de algumas oferendas.

– E carne, dize-me, consumiste?
– Oh não, só provei humildes colações.
– E vinho, meu filho?
– Só bebi água de um poço quase seco, e suco de uva.
– Perfeito, meu filho, perfeito! Resta ainda o caso perturbador das baixas tentações. Por acaso não fornicaste com alguma mulher?
– Uma mulher? Nunca! Não tive tempo. Precisei transpassar, num mísero ano, trezentas e sessenta freiras!
– Oh, o desgraçado! O perverso! O Satanás! Trezentas e sessenta freiras!

O tio-avô sentou-se, com a língua na barba, e vociferando como um velho durante a extrema-unção:
– Pobre diabo, não sabes que essas moças são as irmãs do Senhor Jesus Cristo? Sai de minhas vistas, bandido! Vai embora! Amaldiçôo-o!
– As irmãs de Jesus Cristo? – disse o outro, iluminado. – Viva! Jesus é pois meu estimado cunhado! E neste caso, abade, que me importam as queixas e as maldições de um rato de sacristia, eu que sou, sim senhor, da Sagrada Família! Vamos, beija minha mão, vou voltar ao convento!

Para lá foi, rápida e diretamente.

Ali viveu feliz. Ao fim de seus dias, trezentos e sessenta irmãs rogaram a Deus por ele, e Deus estendeu-lhe a mão. Passou sem dificuldades pela porta estreita. É, desde então, o sapateiro dos santos, e conta à noite sua vida terrena aos Bem-aventurados do Alto.

# O homem que foi expulso do inferno

Um santo dissera a este homem:
– Neste mundo, sê um passante.
Tornara-se pois caixeiro-viajante. Alguns vivem como árvores, plantados onde os pais nasceram. Ele era do país que se movimenta. Viajando sentia-se em casa.

Ora, num dia em que seguia seu caminho através de um campo nu, eis que começou a chover em grossas gotas. Sob o céu só havia espinheiros, montículos de terra, cascalhos pontudos. Nem uma cabana, nem uma casa em ruínas, nem um curral onde se abrigar. Que fez então? Despiu-se, enfiou as roupas na mala, virou-a, sentou-se sobre ela, esperou que a chuva passasse e sob o sol de novo brilhante recolocou as roupas secas assobiando em uníssono com alguns melrinhos-das-urzes.

Mal acabara de calçar as botas quando uma mulher passou por ele. Uma mulher? Na verdade, não: uma ilusão, uma aparência. O tio do diabo transvestido, tal era em seu vestido preto aquela sedutora beleza. Estava encharcada até os ossos. Espantou-se. Disse ao homem:

– Caro senhor, estarei vendo coisas? Acaba de nos cair do céu uma chuva torrencial, e não o estou vendo molhado. És feiticeiro? Estou curiosa. Confessa, pois. Como fizeste?

Este caixeiro-viajante não era homem de deixar passar uma primavera sem correr um pouco atrás dela. Respondeu, piscando o olho:

– É um segredo, minha bela senhora. Eu o contarei com prazer se fizeres amor comigo.

– Oh, o safado! Oh, o libertino! – exclamou com afetação o diabo de saias. – Está bem, estou morrendo de curiosidade. Já que teu timão assim o exige, vamos lá, aquece-me os seios e faze ferver meu caldeirão!

Engastaram-se, ajustaram-se, fizeram o malandro confessar, dançaram a quadrilha fogosa, regaram enfim a salsa. Quando tudo terminou:

– Cumpre a promessa – disse a demônia esquartejada. – Estou ouvindo. Fala bem devagar, para que eu possa entender perfeitamente.

O outro em três gestos e quatro palavras explicou a artimanha prática.

– Só isso? Pobre de mim! Estava esperando alguma bruxaria, e eis-me possuída por nada. Adeus, espertalhão! – rosnou o animal.

E cada um seguiu seu caminho.

Quem estava esperando o caixeiro-viajante diante da porta do albergue onde chegou à noite? A Morte sentada num banco, com a longa foice entre as pernas. Ela estendeu o pé, ele caiu, rachou a testa nas lajotas, e em suma o passante trespassou. Quem foi mais vivamente a seu encontro? Não seu anjo bom. O anjo negro. Levou-o ao inferno. O tio do diabo naquela noite estava na grelha de ferro incandescente.

Acabara de voltar do passeio terrestre. Dirigiu-se ao recém-chegado, reconheceu-o, franziu o cenho, cuspiu fogo pelas orelhas e disse:

– Ah, não! Fora daqui! Vai embora! Que tirem este engraçadinho daqui!

Os diabretes ao seu redor se entreolharam, se espantaram, e puxando o tio pelo rabo:

– Dize, por que expulsar este homem? Ele é magro, mas bem assado daria um belo danado. É o protegido de algum santo? É bom demais? Duro demais? Mole demais?

– Esperto demais – respondeu o Obscuro. – Hoje num campo afastado possuiu-me por três vezes nada. Se o acolhermos entre nós, aposto, meus lobinhos, que ele os terá igualmente possuído antes do soar da meia-noite.

Foi levado imediatamente ao Céu. Deus acolheu-o em suas mãos quentes. Tinha corrido tanto e tanto! Precisava de repouso.

FRANÇA

# *Como o paraíso foi perdido*

Rumores jamais comprovados fizeram supor durante muito tempo que uma serpente, uma maçã e a esposa de Adão teriam, nos primeiros tempos, no jardim do Éden, estragado o futuro das famílias. Precisamos desmenti-los. Sabemos agora de onde vêm nossas desgraças: de uma abelha distraída. Ela confessou tudo. As coisas, na verdade, passaram-se assim:

Eva e seu caro esposo viviam pois, naqueles tempos, no paraíso terrestre. Quais eram suas ocupações? Amarem-se prazerosamente nas flores perfumadas, à sombra de uma palmeira debruçada sobre seus embates. Não fornicavam. Tocavam um no outro, deitados lado a lado, acariciavam-se o rosto, os ombros, os seios, descobriam rindo a frágil maciez de seus recantos secretos.

– Que é isso, meu amigo? – dizia Eva acariciando o membro elástico.

– Que escondes, minha mulher, no fundo desse poço sombrio em que se molham meus dedos? – respondia-lhe Adão.

Seus olhares se iluminavam, beijavam-se os lábios, nada mais faziam, e Deus ficava contente.

Ora, num dia tão terno e azul como os outros, quando estavam maravilhados olhando brincar entre suas pernas nuas a guarnição bochechuda do inocente rapaz, Eva, que se divertia fazendo-o enrubescer, retirou repentinamente a mão para coçar a testa. Uma abelha saiu ao mesmo tempo de uma árvore, escorregou verticalmente por um raio de sol e enfiou gulosamente o ferrão no traseiro de Adão. Ele foi picado na carne nua. A dor foi lancinante. Ele teve um ligeiro sobressalto. Seu aguilhão retesado encontrou o poço de Eva. Nele mergulhou de golpe, começou a agitar-se, com o traseiro crispado, como um dançarino do ventre. Eva, assim assediada, deu um gritinho, gemeu e suspirou, depois, cantarolou lamentos extremamente alegres, e dançando, também ela, com o traseiro e o ventre, concluiu alegremente com estas palavras que, desde então, deram a volta ao mundo:

– Ó Senhor, estou gozando!

Evidentemente, ela não deveria ter invocado Deus Pai. Cometeu com isso um erro fatal em todos os sentidos. Pois nosso Criador, ouvindo seu chamado, debruçou-se sobre a Terra. Viu a boca de baixo de Eva engolir o fruto proibido. Pôs-se em cólera, e com o indicador apontando rudemente o horizonte expulsou imediatamente os dois contraventores do jardim perfeito.

Assim o paraíso foi perdido para sempre. Os culpados se consolaram. Partiram com um outro Éden no coração mais secreto do corpo. Desde essa época, para o bem e para o mal, assim como cada um carrega sua cruz pelos mil caminhos do mundo, cada um carrega também seu paraíso. Os Adão o chamam "amor por ela", e as Eva "amor por ele".

## *A canção*

Antigamente, em terras bretãs, no dia de são Pantaleão realizava-se sobre uma montanha a festa dos contos e dos cantos. Vinha gente de todas as partes, moças nobres com vestidos frufrulhantes, clérigos de língua afiada, músicos, cavaleiros galhardos, todos vestidos com camisas de cores vivas, botas novas e chapéus altivos. Cada um à sua vez (era este o jogo) devia contar uma aventura. O amor palpitante se misturava aos feitos de armas dos bons de prosa, às notícias frescas, às brincadeiras dos pândegos. As vozes, os risos, as músicas no grande prado do alto do monte eram levados sem dificuldades pela brisa até a relva florida onde as crianças se empurravam, onde os velhos se acotovelavam, sentados sobre tapetes de linho. O sol também escutava. Brilhava em todos os olhares.

Dito o conto, chegava o momento de compor uma canção. Os que sabiam rimavam uma. Cantavam-na para o público maravilhado. A melhor era glorificada. Corria durante o ano todo as estradas dos saltimbancos, as ruas, as tavernas, as feiras. Ora, um dia, após as histórias, quando todos se divertiam no prado, sucedeu que oito belas senhoras sentadas sob uma amendoeira decidissem compor uma ária inigualável. Todas eram pessoas nobres, delicadas, estimadas por Deus. Puseram as mãos nos ombros umas das outras e concertaram em segredo.

– Minhas amigas – disse a mais risonha –, precisamos de um tema novo que sirva para unir no mesmo acorde os rudes guerreiros e as donzelas. Martelam-nos as orelhas com cantos galantes, com atos gloriosos, com súplicas amorosas, com inalteráveis sentimentos. Tudo isso, sem dúvida, é belo e bom, mas privilegiando o tom magistral não esquecem o principal? Esses jovens que nos cobiçam, por quem inflam os peitos? Por quem suas armas brilham ao sol ardente dos torneios? Pelo amor de quem são eles nobres, de coração generoso, de alma franca? Dizei-me, sabeis por acaso?

Com os olhos baixos, rindo maliciosamente, e com as faces repentinamente enrubescidas, a mais ingênua respondeu:

– Provavelmente nossas fragilidades despertam neles alguma ternura.

Todas se puseram a falar juntas. A senhora fê-las calar. Disse:

– É verdade que eles nos cortejam, que rogam nossos favores de mil maneiras, que nos beijam mãos e pálpebras, mas o que vêem no fundo de nós que faz deles pregadores mais eloqüentes que cem bispos? Quem os excita e lhes enrouquece a voz? Minhas irmãs, digo-vos sem rodeios. Não é o desejo de honras, é nosso tesouro entre as coxas. O que quer que digam nossos suspirantes, quem está falando? Seu maroto careca! E o que quer este turbulento? Visitar o corredor ardente, a fonte de águas miraculosas, o graal de são Espada, o claustro, o cálice doce, numa palavra como em cem, minhas filhas, a boceta que faz com que nossos olhos brilhem. Dizei-me pois bem francamente. Haveria no mundo um amante para cair aos pés de uma mulher bela de corpo, de espírito elevado, cujo ventre estivesse costurado? Vamos, a causa é evidente. Já que ela é verdadeira, nesse mundo terrestre, em que tudo é por amor da boceta, façamos sobre ela nossa canção.

Suas companheiras, batendo as mãos, aprovaram plenamente o sermão. Cada uma delas compôs um verso. A obra foi considerada refinada, comovente e persuasiva. Foi por todos cantada em coro. E quando a noite estava caindo, e todos se dirigiam à igreja para um último Pater Noster, suas coplas foram copiadas.

Contei-vos o que Bento Caolho relatou sobre aquele dia. Agradeço-lhe. Onde quer que esteja, que Deus o proteja dos maus.

# *A moça que não podia ouvir falar de sacanagem*

A senhorita Marion, embora tivesse belas carnes onde belas carnes há de se ter, era de um tal pundonor que não podia suportar que fossem pronunciadas diante dela aquelas palavras cruas (se bem que quentes) que designam as entrecoxas e sua vizinhança imediata. Em suma, à menor palavra de sacanagem, ela sentia falta de ar e ficava pálida. Seu pai amava-a exclusivamente. Era viúvo, só tinha a ela e, assim, apesar de possuir campos e extensas vinhas, não ousava empregar um só servidor, de medo (nunca se sabe) que um desses grosseirões soltasse inopinadamente, um dia, na presença dela, o infernal palavrão que faria com que sua Marion voasse para a companhia dos anjos.

Ora, num domingo de agosto, um malicioso David, passando pelo povoado (vinha Deus sabe de onde e procurava aventura), soube incidentalmente o que acabamos de ouvir. Disse a si mesmo que talvez houvesse ali algum grão a colher para os longos dias de inverno. Foi até a fazenda. O pai de Marion sob a árvore do pátio escovava morosamente seu cavalo arador.

— Que Deus o proteja! – disse-lhe David. – O senhor poderia alojar um peregrino que saberia arregaçar as mangas e ajudá-lo alguns dias a cuidar dos campos e dos animais?

— Pode ser que sim – respondeu o outro – e contudo pode bem ser que não. Preciso enormemente de alguém que me ajude, o trabalho é pesado, estou ficando velho, mas com exceção de um seminarista proíbo que qualquer pessoa entre em minha casa. Procura entender, meu rapaz. Um pudor atinge minha única filha e lhe transtorna o coração à menor alusão libertina. Ela detesta sacanagens.

— Que disse o senhor? – rosnou David, com os olhos repentinamente fora das órbitas, e as mãos crispadas na garganta.

Fingiu estrangular-se, titubeou, tentou vagamente segurar-se na brisa e disse ainda, num estertor:

— Que palavra abjeta, neste mesmo instante, acaba de sair de sua boca?

— Estás febril? – respondeu o outro. – Eh, não morras em minha casa! Que foi que eu disse? Disse que minha filha era excessivamente pudibunda e detestava palavras de sacanagem.

— Sacanagem! Oh, o infame! Oh, o ignóbil! Oh, o satânico! Saiba, senhor, que também eu detesto essas palavras malcheirosas. Elas perfuram-me o coração e o fígado. Elas me consomem. Elas me matam. Desgraçadamente, o mesmo mal aflige sua donzela e eu. Rogue por nossa salvação!

A moça estava diante da porta escolhendo legumes secos. Lançou um olhar agudo, sorriu para si mesma e disse, com a cabeça baixa:

— Aloja pois este peregrino, meu pai, ele tem bom caráter! Como poderíamos deixá-lo para fora? Temos bastante lugar!

– Já que Deus e filha assim o querem – disse o homem, abrindo os braços –, meu filho, estás em casa.

Foi convidado a jantar. Disse o benedícite, comeu a sopa, o pernil de carneiro, quatro ou cinco maçãs assadas no forno; feito isso, após o licor de cereja:

– Onde David vai se deitar? – disse o homem acariciando a pança. – Só há dois quartos lá em cima.

Marion respondeu-lhe:

– Meu pai, ele poderia dormir a meu lado, não creio que me provoque nenhuma indisposição, honesto como parece ser!

– Por que não? – arriscou o rapaz.

O homem bocejou.

– Boa noite então – disse.

A escada mal rangeu. A porta foi imediatamente fechada. David e Marion deitaram-se lado a lado no travesseiro. Mal a vela apagara-se:

– Oh, o que é isso? – disse o rapaz, com a mão sobre um seio arredondado.

– É uma de minhas duas colinas. Eis a outra, David. Toca-a.

– Meu Deus, é verdade. Oh, bela jovem, e esta penugem, sob o umbigo?

– É minha pradaria, minha relva macia.

– Senhor Jesus, que belo país! E aqui no meio, esta fenda?

– É minha fonte, ela é profunda. Podes arriscar um dedo.

– Bela jovem, como ela é quente!

– É que no fundo brilha um sol negro. Mas e tu, que tens aqui que cresce, oh, David, tão teso, tão duro?

– Minha amiga, é meu cavalo vermelho! Está pateando, está com fome, está com sede!

– Leva-o pois até meu prado, todo ser precisa viver! Que paste e beba à saciedade!

– Assim seja! Estás vendo, Marion, como ele vai e vem livremente!

– Que vá e que venha novamente. Oh, minha fonte tem sede dele!

– Marion, queres provar de seu leite?

– Caceta, sim! – respondeu ela num irreprimível elã.

Quatro vezes seus corpos beberam um do outro da meia-noite ao sol nascente. Casaram-se logo depois na primeira manhã de primavera.

# *A matreira e o louco*

Tanto de cabeleira como de barba, de coração, de palavra ou de espírito, aquele homem era um bruto. Era tolo, rabugento, mal-humorado, pesadão, vesgo, alto como um urso, em suma não tinha para agradar às mulheres o menor grão de bondade. A esposa não o amava. Mal o suportava. Seus pensamentos, seus sonhos, sua alma pertenciam ao jovem abade do burgo. Ele, ao menos, quatro vezes por mês festejava-lhe o aniversário, sem contar as Páscoas furtivas e as Ascensões imprevistas.

Justamente, naquele dia, ao soar do meio-dia, ela espreitava-lhe a vinda pela janela aberta. E quando estava cantarolando, desfazendo um pouco, aqui e ali, suas fitas, quem viu aparecer? O grosseirão do marido afastado da lavra por uma fome súbita. Entrou pesadamente, aproximou-se do forno, levantou as tampas. A mulher trotou atrás dele. "Que fazer?" pensou. "E, meu amante que está chegando!" Ela coçou a testa. "Oh, tenho uma idéia!" Com o rosto repentinamente crispado de preocupação, segurou-lhe os punhos.

– Sinto-te extremamente febril, meu esposo – disse-lhe ela.

– Quem, eu? – respondeu o homem.
Ele franziu o cenho e ficou atônito.
– Febril – ela acrescentou – e pálido como um lençol. Que estou dizendo, pálido? Verde! Oh, não estás bem.
– Achas mesmo? – balbuciou o outro.
E de fato empalideceu vagamente, de verdade.
– Desgraçadamente, tenho certeza. Precisas deitar-te. Podes andar? Vem cá.
Despiu-o, empurrou-o para dentro do quarto.
– Oh, miséria! Estás emagrecendo a olhos vistos. Estás ouvindo tuas vísceras? Estão gorgolejando, gemendo. Meu homem, estás morrendo!
Ele apalpou a testa, os membros, o estômago.
– Não fales assim, mulher, estás me assustando. Não está doendo em nenhum lugar, mas sinto-me esquisito. Há pouco, entretanto, sentia-me muito bem.
– A ausência de dor é um sinal fatal. Um padre, um padre, rápido!

O abade, no mesmo instante, na soleira da porta, arriscava uma ponta de nariz pela fresta.
– Olá, tem alguém em casa?
– Já? – disse o homem esgueirando-se, tremendo, entre o lençol de baixo e a coberta de plumas de cima.
– Jesus Maria José! Que o Céu te abençoe! Entra, senhor abade – exclamou a marota. – Vê em que estado encontra-se meu esposo. Está nos deixando, está indo embora, já partiu!
Uma piscada de olhos bastou aos dois cúmplices. O abade veio, com as mãos postas, até a cabeceira da cama.
– Estou vendo a mão de Deus agarrar-te a camisa – disse. – Confessa-te. Rápido, é urgente.

O outro bateu os dentes. Não respondeu nem bom-dia nem boa-noite. O padre debruçou-se sobre o rosto lívido. Disse:

– De Profundis. Acho que está morto.

– Estou mesmo? – balbuciou o homem.

– Estás. Fecha os olhos.

Sobre o rosto do homem puxou o lençol, depois arrastou a astuciosa, prestamente, para o fundo do quarto.

– Ai, não agüento mais – disse em sua boca arregaçando-lhe o vestido.

– Oh, rápido, possui-me!

Sobre o piso que rangia um estava em breve sobre o outro.

Ora, quando estavam ofegando, murmurando palavras banidas dos dicionários:

– Sorte tua, abade, que eu esteja morto – disse repentinamente o defunto com uma voz de sepulcro. – Grandissíssimo filho da puta, se eu ainda estivesse vivo te moeria o crânio a tamancadas!

– Caro amigo – respondeu o abade –, faço nem mais nem menos o que um morto não pode fazer. Todo campo precisa ser lavrado. Que o dono tenha deixado o mundo em nada altera esta lei. Estou cuidando pois do que é teu. Não me agradeça, gosto de prestar serviço. Volta tranqüilamente ao teu lugar no paraíso e deixa-me acabar, por favor, minha lavra.

– Isso mesmo! – gemeu a mulher.

As palavras foram tão convincentes que o homem se enfiou apressadamente sob a coberta.

Ali ficou durante três dias. No quarto saiu andando ao acaso pela estrada perguntando às pessoas como subir aos céus.

A esposa e o cura viram-no desaparecer no crepúsculo vermelho. Talvez tenha encontrado o caminho. Deus dá aos loucos, às vezes, o que recusa aos santos.

# *A moça e o caçador de galinha*

Era uma vez um senhor de povoado de coração tão temeroso quanto um melro em pleno inverno. A vida tinha-lhe dado uma filha aos seus olhos perfeita como um anjo. Era bela e simples. Ele a amava exageradamente. Sem cessar temia que o mundo a estragasse, e então a mantinha reclusa numa torre do jardim, ao abrigo (assim o acreditava) das rudezas dos homens e das intempéries. Só cuidava dela uma gorda matrona de bom senso tão arredondado quanto seus seios transbordantes. Tinha no passado amamentado a donzela, tinha-a criado, e à noite no quarto ainda a embalava, passados dezessete anos, como nos tempos dos chocalhos e das chupetas cor-de-rosa.

Ora, numa manhã de abril, no delicado instante em que colocava no forno um patê de coelho, uma abelha perdida pousou-lhe no nariz. Quis espantá-la. A terrina caiu e partiu-se em dois. Ela fez "oh" com a mão sobre a boca e, correndo apressadamente para pedir uma outra na casa do senhor, por imprevidência deixou atrás de si a porta da torre aberta ao sol nascente.

Nesse instante um rapaz atravessou a ruela. Vinha da caça e trazia nos ombros uma galinha faisã. A moça na soleira olhou-o passar e lançou sem rodeios:

– Oh, que bela ave!

O outro lhe respondeu:

– Tu a queres? Vendo-a.

– Por quanto, por favor?

– De tua parte, senhorita, uma fornicação bastará.

– Senhor – respondeu a inocente –, não possuo tal moeda. Vê, minha carteira está vazia!

– Moça, estás zombando de mim. Pelo que ouso ver, tu tens, aqui e ali, o suficiente para pagar à vista.

– Não acreditas em mim? Caro amigo, revista-me.

– Com prazer – respondeu o maroto.

Revistou na frente, revistou atrás, explorou o corpete e arregaçou as saias, abriu as pernas nuas, entreabriu com um dedo a caverna de soleira felpuda, ali enfiou rudemente o aguilhão.

– Procura, amigo, procura! Encontrou, dize-me?

Repentinamente aureolado de glória entusiasta, ele respondeu que sim. Permaneceu um momento com a boca entre os seios da bela ofegante, depois recuperou o fôlego e o equipamento, recolocou-o no lugar, fechou o cinto e disse enxugando o rosto e a testa:

– Moça, estou bem pago. Bendita sejas. Minha ave te pertence.

Saiu no momento em que a ama entrava.

Ela estacou no meio da sala de jantar, viu a galinha faisã estendida sobre a mesa, mostrou-a com o dedo, com o cenho preocupado.

– Quem trouxe aqui este pássaro de mau agouro?

– Um rapaz, minha ama.

– Fala. Confessa. Dize-me tudo. Que lhe deu em troca, minha filha?

– Oh, quase nada. Uma fornicação.
– Uma fornicação? Deus do Céu, estou desonrada! Aliás, tu também. Que dirá teu pai? Nada. Não ficará sabendo. Caluda, bico fechado. E no final das contas, esse animal está com boa cara. Vamos, um erro assado com três dentes de alho só é erro pela metade. Preciso de uma faca para preparar a coisa. Vou procurar uma. Feche a porta à chave!
Saiu novamente.

A moça na soleira viu-a correr, depois voltando ao triste interior da casa um raio de sol fê-la piscar os olhos. Na luz ela viu o astucioso jovem passar, com o nariz ao vento.
– Ei, belo jovem – gritou-lhe –, vem cá, tenho que falar contigo. Minha ama está colérica. Paguei, segundo me disse, caro demais pelo animal. Pega-o pois de volta, devolve-me a fornicação, e que Deus nos livre do mal!
– Como queiras – respondeu o outro abrindo a roupa de couro.
Foi ela que, desta vez, tomou nas mãos tudo e mais um pouco. Arregaçou as saias até o umbigo, pegou o dardo de cabeça vermelha, enfiou-o em seu bosque negro e se fez reembolsar até as últimas gotas. O rapaz, satisfeito, beijou a boca de cima depois a de baixo e partiu com a ave. Quando estava desaparecendo na virada da ruela, a velha voltou.

A moça esperava-a, radiante, no canto da lareira. Disse-lhe desamassando a saia com tapinhas:
– Ama, está tudo bem. O erro está reparado. Ele pegou de volta a galinha e eu fiz um bom negócio. Ele me devolveu bem mais do que eu havia dado.

A matrona sentou-se. Pareceu num instante envelhecer cem anos. Mas tinha bom coração. Preocupada, perguntou:
– Sentiste prazer?
– Ama, creio que sim.
A outra juntou as mãos, levantou os olhos ao céu.
– Obrigada, Senhor – suspirou.
Pois sabia em sua sabedoria que tudo nos vem do Altíssimo. Garin, que me contou a história, nada mais disse após essa palavra.

# O cavaleiro que fazia as bocetas falarem

Visto de trás ou de frente, era um pobre cavaleiro. Era decerto vigoroso, tinha belo porte e belos cabelos, mas não tinha nem campos, nem vinhas, nem morada. Vivera algum tempo de combates mercenários e de justas a prêmio; depois, com o passar dos anos, as guerras foram ceifar sob outros céus sua colheita de cadáveres e os torneios pagos minguaram. Nosso homem comia pois o pão que o diabo amassou. Nada lhe restara, nem casaco para o inverno, nem botas sobressalentes. E para pagar o albergue onde guardava seu cavalo tivera até mesmo que vender a armadura que antes dele o pai e os ancestrais haviam usado. Ora, num desses dias, ele ouviu falar de uma festa na Touraine para a qual estavam convidados homens como ele, hábeis no manejo do sabre e da maça. Como prêmios havia taças de ouro maciço, sopeiras de prata, pratos de bronze. Imediatamente decidiu pôr-se a caminho.

Ei-lo pois em marcha para as margens do Loire com seu escudeiro, um malandro de nariz pontudo chamado Melro-Vermelho. Como este pássaro desde cedo pela manhã cavalgava bem na frente em sua égua buliçosa ouviu repentinamente, no bosque espesso que estava atravessando a trote, um tagarelar de moças. Estacou, farejou o vento, intrometeu o animal entre as moitas e descobriu uma cascata em que se banhavam três mulheres nuas. Elas rolavam na água, molhavam umas às outras, ofereciam ao sol vivo que se coava através da folhagem os traseiros pingando. Sobre a relva da margem estavam suas roupas. Foi unicamente o que interessou Melro-Vermelho. Pois, se era esperto nas horas de folga, era esperto e meio quando o ouro soava-lhe na cabeçorra obtusa. Estas roupas eram ornadas, costuradas, bordadas como que pelo alfaiate de uma rainha do Oriente. "Pego-as, vendo-as", disse consigo mesmo o malandro num piscar de olhos, "e teremos com que comprar uma armadura, um elmo e sua pluma." Deslizou para fora de sua montaria, e foi, com as costas curvadas, até a margem molhada. Sem se preocupar com a infinita algazarra das donzelas, gatuno como um furão, arrebatou os vestidos, os cintos, os sapatos com fivela de prata. Após o quê, montando prestamente sobre a égua, partiu, jubilante, em direção à saída do bosque.

Seu senhor no mesmo instante entrava sob as folhagens. Ouviu gritar por socorro e pega ladrão. Seu sangue de cavaleiro subiu-lhe às orelhas. Esporeando vivamente seu animal com os pés, acorreu em socorro. Com uma das mãos sobre os seios, a outra sob o umbigo, as despojadas aos prantos contaram-lhe com grande burburinho a rapa do bandido. Ele farejou imediatamente um feito de seu Melro.

– Cessem de choramingar, vistam-se com folhas e esperem-me aqui – disse-lhes. – Já volto.

Alcançou o escudeiro que caminhava assobiando uma canção sentimental.

– Vagabundo! Pirata! Malandro! Que a vergonha caia sobre ti! – disse-lhe o senhor. – Dá-me estes sapatos, estes vestidos, e que Deus lave tuas mãos!

– Acaso bebeste? – respondeu-lhe o maroto. – Sabes o preço destes belos panos? E queres devolvê-los? Não te espantes de não ter vintém! Morrerás sobre a palha!

O cavaleiro amontou atabalhoadamente as roupas sobre os ombros e voltou à cascata.

Foi acolhido como um herói vencedor de um dragão de sete cabeças. A primeira das três beijou-lhe os joelhos.

– Somos fadas – disse ela –, e como recompensa aceita este presente que gostaria de oferecer-te: aonde quer que vás, amigo, serás bem recebido. Teu charme te abrirá mesmo as portas mais fechadas. Não haverá teto que não seja o teu.

A segunda das três beijou-lhe a mão direita.

– Por minha vez, cavaleiro, bendigo tua bondade e dou-te este regalo: quando quiseres saber o que uma mulher comumente cala aos homens, perguntas à boca escondida que ela tem entre as coxas. E esta boca que jamais mentiu imediatamente te dirá o que queres saber.

A terceira das três beijou-lhe a mão esquerda.

– Poderá acontecer – disse ela com um olhar maroto – que a boceta da senhora esteja ocupada. Se ela calar, o cu falará. Tal é o humilde poder que ouso conceder-te.

Estes discursos pouco cristãos surpreenderam enormemente o salvador daquelas senhoras. Ele não soube o que responder. Balbuciou então alguns agradecimentos e retomou seu caminho, com a cabeça nas nuvens.

Ora, no momento em que se juntava ao escudeiro contrito, viu percorrendo o caminho um cura sobre uma égua cinza. O cavaleiro saudou-o. O religioso parou, rejubilou-se como um velho cruzado revendo um irmão perdido, ofereceu-lhe o dinheiro de sua bolsa, sua casa para quatro ou cinco noites. Em suma, tanto fez em tão pouco tempo, que Melro-Vermelho, pasmo:

— Será que ele é louco ou está zombando de nós?

— Aquelas senhoras eram realmente fadas — murmurou o outro, para si mesmo. E eu, que pensava que tudo não passava de manhas de moças maliciosas!

E ao escudeiro boquiaberto:

— Vamos, não podes compreender. Passei a ter, aparentemente, poderes tão bons quanto úteis. Melro-Vermelho, não direi mais nada.

— Ei, quero saber mais!

Deixaram o abade no meio do caminho suplicando ao vento cinza que abençoasse seu novo irmão. Prosseguiram tranqüilamente seu caminho até o cair da noite.

Quando a lua começava a acender-se avistaram no fim de um prado um castelo de bela aparência. Puseram o pé na terra e bateram no portão. Quem veio abrir? O castelão, com as pessoas da casa, esposa, amigos e criados, escudeiros, avós, primos. Caso estivessem acolhendo São Pedro e o Bom Deus, não teriam sido de coração mais generoso. Ambos foram escoltados até a sala alta. Reanimaram o fogo, serviram-lhes bebidas, a mesa foi posta sobre toalhas de linho, serviram assados, iguarias raras. Finalmente, cada um foi levado a um quarto ornado de flores do campo e de tapetes macios. Enquanto estavam se acomodando, a esposa do senhor chamou sua criada à parte. Disse-lhe em voz baixa:

– Honra esta noite nosso belo convidado. Quero que ele se sinta em casa. Deita-te ao seu lado e faze-lhe as vontades.

Quando todos alcançaram seus penates privados, o cavaleiro exausto ficou muito surpreso de ver aproximar-se de sua cabeceira a moça nua.
– Que queres, senhorita?
– Senhor, tu me agradas.
– Vem pois até aqui, que eu te farei amor.
Acariciou os seios, afagou o umbigo. Finalmente, arriscando um dedo na fenda felpuda:
– Doce boceta, boceta secreta, tenho dúvidas. Dize-me. Que vieste fazer aqui?
– A senhora do castelo quer agradá-lo. Exige de mim que te satisfaça, ou pelo menos que tente. Eis-me pois aqui, senhor.

A voz vinda de baixo, clara como água límpida, arrancou um grande grito da boca de cima. A moça, aterrorizada, pegou a camisola e saiu correndo com os braços estendidos à sua frente como se cem demônios estivessem em seu encalço. A esposa do senhor ouviu-a galopar no corredor escuro. Abriu a porta. Agarrou-lhe o braço.
– Aonde vais desse jeito, sua tola?
– Oh, senhora! Oh, meu Deus!
Contou-lhe minuciosamente a perturbadora anedota. A outra escutou-a, com os olhos arregalados, fê-la repetir e repetir, julgou a coisa impossível, finalmente decidiu, perto da meia-noite, esperar a manhã seguinte para tirar o mistério a limpo.

No dia seguinte depois da missa, quando todos estavam sentados à mesa diante das frutas confeitadas, dos pães amanteigados, dos vinhos e dos chás, a senhora desculpou-se, desapareceu um momento em seus aposentos, encheu de algodão a fenda cacheada, e voltando para junto dos outros:

– Parece, caros amigos, que nosso cavaleiro faz falar, quando quer, a entrecoxa das senhoras. Na minha opinião, ele está se gabando. Certamente a minha ficaria muda se ele ousasse convidá-la a conversar.

Todos ficaram muito pasmados em volta dos acepipes.

– Senhora – disse o cavaleiro –, se me permitires dirigir-lhe a palavra, creio que ficarás pasma com sua tagarelice impertinente.

– Se ela disser a menor palavra – respondeu-lhe a senhora –, eu te oferecerei cinqüenta peças de ouro.

– E se ela não falar, senhora, comprometo-me a deixar este castelo sem botas e cavalo.

E debruçando-se amavelmente:

– Doce boceta, boceta sedutora, decide. Serei desgraçado? Serei afortunado?

A infeliz, amordaçada, emitiu penosamente um gorgolejo, um gemido vago, um suspiro, nada mais.

– Meu senhor – murmurou Melro-Vermelho –, o momento é grave. E se partíssemos daqui antes que seja tarde demais?

– Ó maravilha de cu – continuou o cavaleiro –, dize-me. Que contratempo impede tua vizinha de tomar a palavra?

– Alimentaram-na há pouco com um pacote de algodão. Está com a boca cheia.

Todos, entre os convidados, exclamaram com grande burburinho. A voz falava francês. Era clara, franca e quase sem sotaque. Além disso, saía exatamente do lugar fundamental. A senhora, com a cabeça baixa e as faces coradas, admitiu a artimanha.

– Paremos por aqui – disse ela –, e volta para nos visitar sempre que quiseres.

Cinqüenta peças de ouro passaram de sua bolsa para as mãos de Melro-Vermelho. Seu senhor, desde então, viveu tranqüilamente. Para que se apressar quando tudo te vem facilmente, amigos, mulheres, fortuna, indulgências do Céu? Um dia, estando em idade avançada, ele interrogou Deus. Perguntou:
– Acabou?
Deus respondeu:
– Sim.
Murmurou "obrigado" e morreu no mesmo instante. Se estiver no paraíso, que esquente meu lugar e reze às vezes por aqueles que nunca cruzaram com fadas despidas em suas linhas de vida.

# *O diabo na fechadura*

Era uma vez um fazendeiro rabugento. Apesar de possuir campos razoavelmente ricos e uma bela mulher de olhos de sol azul, não gostava da vida, este espelho de nossas almas, e portanto a vida não gostava dele. A esposa também não. Preferia o abade do povoado vizinho. Confessava-lhe as faltas com entusiasmo, era vigoroso, eloqüente, de bom coração, sabia falar-lhe e, melhor que dizer, fazer o que seu desmancha-prazeres nunca fazia.

Num dia em que este jovem de sotaina alerta estava chegando à fazenda onde sua maravilha nua (assim o pensava) o estava esperando, no momento de empurrar a porta ele ouviu, lá dentro, alguém resmungar. Colou o olho na fechadura. Viu o gordo marido, que voltara imprevistamente de uma feira longínqua, empanturrando-se diante do jarro de vinho. A mulher, perto dele, mordiscava azeitonas. Estava com a expressão sonhadora. O padre, contrariado, deu um passo para trás e coçou o nariz.

Era um homem vivo, tanto de espírito quanto de ventre. Não era daqueles que renunciam a levar seu pequeno papa a Roma antes mesmo de haver pesado os inconvenientes. Dizem que o desejo torna os fracos de cabeça mais tolos que normalmente e os inteligentes mais diabolicamente finórios. O apaixonado pensou o espaço de um suspiro. Entrou sem bater, e com as mãos nos quadris no meio da sala pôs-se a trovejar, ardente como um Moisés amaldiçoando o pecado:

– Eh, pessoas de vida perversa, que a vergonha caia sobre vocês! Que estavam pois fazendo?

– Salve, abade, comíamos – balbuciou o fazendeiro, com o lombo de coelho atravessado na boca.

– Mentes mal, meu senhor! Desgraçadamente para a tua parte de paraíso perdido, eu os vi trepar de forma atroz, agora mesmo, por trás da porta. Bandidos! Ainda estou sentindo uma náusea tenaz! Ousa dizer que não!

– Meu pai, eu digo – respondeu o atônito. – E direi novamente, se preciso for, mil vezes.

– Ora, pois – fulminou o engenhoso astuto –, ali, na soleira de tua casa, quando estava amarrando o cadarço de meu sapato, incidentalmente meu olho, pelo buraco da fechadura, constatou os fatos. Tu, senhor barrigudo, mantinhas a pobre senhora aberta sobre a mesa e enfiavas brutalmente tua bengala no forno. Que tens a dizer?

– Que um diabrete, abade, iludiu tua vista, pois não cometi este ato do qual estás falando.

– A casa de fato está, talvez, endiabrada – respondeu o cura, parecendo repentinamente algum santo guerreiro contemplando o inimigo. – Antes de continuar, armemo-nos de sangue frio. Sai, e olha como eu o fiz agora há pouco. Se vires, aqui dentro, o que não ouso dizer, será preciso, ao que parece, exorcizar o local.

Pegou o homem pelos ombros, empurrou-o para o jardim, trancou a porta com um chute e passou os quatro ferrolhos.

A senhora já estava com a saia no umbigo por entre as iguarias. A pressa aguilhoando-lhes o alegre apetite, sentiram um e outro um prazer furibundo, tanto desfrutando um do outro quanto ouvindo o esposo esmurrar a porta vociferando alto e forte contra o demônio pernicioso. Assim que gozaram, o amante foi abrir.

– Que viste, meu amigo? – disse, com ar de um médico consultando o doente.

– Desgraçadamente – respondeu o outro – exorciza, abade. Pagarei o que for preciso.

Ele pagou, duas vezes e não apenas uma, e o diabo levou algumas luas para sair de onde não estava. Ali onde estava, continuou. Ninguém o viu, ninguém o vê. Nem o marido, nem a esposa, nem o cura, nem você, nem eu.

# *O homem que havia perdido o burro*

Um sujeito zombeteiro, voltando do mercado, havia perdido o burro. Fizera, nem por uma hora, uma sesta de pai abade sob uma árvore à beira do caminho, e acordando do sono chamara imediatamente em seu socorro as hordas do Bom Deus. Seu irmão de viagem abandonara o prado em que o havia deixado, pastando o capim balouçante. Procurou, bateu os matos, prometeu cem vinténs a santo Antônio. Sem resultado. Precisou pois seguir sozinho o longo caminho.

Até a noite ele caminhou, com o nariz na echarpe, praguejando contra tudo. Os sapatos o machucavam, a tempestade ameaçava, a mulher o enganava, o passado era cruel e o futuro manhoso, o destino, realmente, perseguia-o encarniçadamente. "É verdade", dizia a si mesmo, "que vendi esta manhã três aves no mercado, mas o que será que eu ganhei, dize, Deus Todo-Poderoso, se tu te obstinas a esconder meu burro?" Em suma, ruminando assim, parou à noite no pátio de uma estalagem.

Uma boda ali dançava, bebia e cantava alto. Nosso homem pediu um quarto.

– Infelizmente – respondeu o estalajadeiro – não tenho mais nem um cantinho. Os amigos e parentes dos recém-casados estão ocupando toda a casa, dos catres da adega onde dormem os bêbados aos cantos do sótão onde as crianças estão instaladas.

O outro gemeu, rogou, enxugou duas lágrimas no canto dos olhos e fez-se de cachorro batido tão ostensivamente que o dono do lugar apiedou-se.

– Homem – disse-lhe –, estou vendo que estás cansado, e é claro, precisamos às vezes ajudar o próximo. Suba a um quarto e deita-te sob a cama. Ao menos ficarás ao abrigo da chuva. Mas sejas discreto. Toma cuidado para não roncar. Não quero que saibam amanhã no povoado que alojei alguém sob o leito de outra pessoa.

O homem agradeceu, tirou os sapatos, subiu a escada, apalpou aqui e ali, no corredor escuro. Sob os dedos tateantes surgiu o batente de uma porta. Abriu, entrou, esgueirou-se sob a grande cama de ferro, colocou o saco sob o crânio à guisa de travesseiro, e não se mexeu mais.

Mal tinha fechado os olhos quando uma claridade de lamparina iluminou o chão. Dois minúsculos escarpins e dois sapatos de verniz aproximaram-se dele. Os recém-casados tinham acabado de fugir da festa.

– Oh – murmurou o esposo com um estremecimento doce –, primeiro quero ver tudo, antes de acariciar. Deixa-me olhar. Oh, isto! Oh, aquilo! Oh, aqui esta maravilha, este arredondado, esta curva! Oh, minha verdade nua! Estou vendo tudo! Estou vendo tudo!

Quando o marido novo estava assim extasiando-se, uma cabeça saiu das profundezas da escuridão, e colocando-se repentinamente na beira do lençol:

– Desculpa-me, senhor, tu que enxergas tão bem, terias por acaso visto meu burro por aí?

# *O anel*

Aquele rapaz tinha como madrinha a mais velha fada da região. Era corcunda, disforme, maliciosa a ponto de fazer inveja a Lúcifer e a sua horda negra, e contudo mais ingênua e terna que a primavera. Amava o afilhado com um amor inabalável. Velou sobre sua vida, invisível e contudo sem cessar maternal, até o dia em que este quase filho chegou à idade de amar as mulheres. Num domingo de manhã ela foi até o seu quarto, sentou-se na beirada da cama, e dando-lhe tapinhas nas faces com uma afeição de avó robusta:

– Meu menino – disse-lhe –, eis-te finalmente maduro para a música doce. Eh, olhem só esta flauta levantando o lençol! Parece um bordão fantasiado de fantasma. Está com pressa de ir tocar a serenata e de entreabrir a fresta das janelas. Decerto ele não tem nenhuma necessidade de que uma velha o auxilie, saberá perfeitamente encontrar sem mim os caminhos certos, mas este instrumento é às vezes caprichoso. Toma este anel de prata. Ponha-o neste dedo onde se coloca a aliança. Através das virtudes desta jóia, meu filho, dirás simplesmente "dominus vobiscum" e teu bastão cantor crescerá como um pão no forno do padeiro. Quanto mais repetires estas palavras de santo prazer, maior ele ficará. Assim encherás todos os poços sedutores, estreitos, largos ou profundos, delicados ou robustos. Quando quiseres que ele recupere sua aparência de anjinho inocente, tu dirás o seguinte: "cum spiritu tuo", e ele voltará a ficar tranqüilo. Perdão, falei demais. As velhas são tagarelas! Adeus. Ama tua vida, aconteça o que acontecer, e serás feliz.

Partiu rindo, com o nariz no queixo.

O afilhado foi feliz uma semana ou duas. Tirou de sua lança de geometria variável algumas quadras inesquecíveis, depois um dia, banhando-se no poço de um rio, o anel caiu-lhe do dedo no fundo da água. Foi imediatamente engolido por uma gorda mãe carpa, que descendo despreocupadamente a corrente ao longo da margem mordeu também o anzol que lhe estendia uma criança triste que, repentinamente, ficou contente. Vendeu por três vinténs sua presa à criada do cura.

Eis, pois, por volta do meio-dia a carpa na cozinha e Suzana na pia retirando-lhe a barrigada.
– Oh, senhor cura, veja o que encontrei! Um anel de prata. Devias experimentá-lo!
– Realmente, ele me serve, Suzana. Vou ficar com ele.

Era um sábado. No dia seguinte, domingo, ao primeiro "dominus vobiscum" do ofício, a voz máscula do padre tremeu um instante. Ao segundo ele tossiu e com um gesto nervoso espanou o ventre. Ao terceiro apertou repentinamente os joelhos como se um rato estivesse escalando-lhe as coxas. Ao quarto pôs-se a andar de lado, dando as costas à assistência e com as duas mãos crispadas sobre o demônio pândego que manifestamente ocupava-lhe as entrecoxas. Ao quinto saiu correndo sem dizer para onde ia. Os fiéis ficaram comovidos.

– Oh, sei o que ele tem – disse um homem acostumado com os lumbagos crônicos. – Um diabo vertebral. Sei como é, é terrível.

– Que nada! Na minha opinião ele deve ter comido ontem mariscos estragados – disse uma virtuosa e otimista senhora. – Vai voltar bem limpo e bem leve.

– Curioso – disse um gendarme. – Tive a impressão de que ele escondia um fuzil, há pouco, sob a sotaina.

Suzana, preocupada, correu à casa. Encontrou o cura deitado sob a coberta, contemplando o teto, com os olhos fora das órbitas, e apertando sob o nariz a colcha cinza.

– Que está acontecendo contigo, pobre homem, podes me dizer?

– Deus está nos punindo, Suzaninha. Pecamos demais. Oh, não deveríamos ter feito isso!

– Punir-te, a ti, meu belo, que faz cantar tão bem minha boca bigoduda? Deus não é tão mau assim! Vamos, mostra-me o que está te fazendo sofrer.

– Suzana, olha.

Como um mártir oferecendo-se às garras dos leões, com um gesto solene ele abriu o lençol que o cobria. Suzana ficou boquiaberta um bom tempo, depois derrubando um vaso ao procurar um apoio:

– Oh, Senhor, é impressionante. Dize, deve pesar, uma coisa assim.

– Precisamos rezar, Suzaninha – respondeu sombriamente o formidável entesado.

– Veja, conheço quem gostaria de ter a terça parte da metade do quarto desta coisa – arriscou Suzaninha, pálida, com uma espirituosidade quase heróica. – Enfim, rezemos, se assim o queres.

Aos montes, aos borbotões, em persistentes golfadas os "dominus" seguidos de "vobiscum" sonoros invadiram o quarto e o pilão voraz atingiu o teto, furou-o sem esmorecer, atravessou o sótão, a viga, o telhado, a bruma, o céu azul, chegou enfim até Deus em sua cidade celeste.

– É um homem que está chegando? – trovejou o Todo-Poderoso. São Pedro, puxa pois este estranho antecessor.

E São Pedro puxou.

Ora, entre as pessoas aqui da Terra, o afilhado da fada junto com todo o povoado reunido nas ruas contemplando, boquiabertos, o obelisco vivo enfiado nas nuvens, disse a si mesmo que com toda certeza o belo anel de prata tinha encontrado um dedo à sua medida, e que este dedo estava em algum lugar sob este dardo instalado perto da torre do sino. Correu imediatamente à casa do padre.

– "Cum spiritu tuo" – disse ofegante na cabeceira do infeliz. – Repita comigo. Compreenderás depois.

Repetiram juntos, e o intratável aspargo finalmente diminuiu. Desgraçadamente, não desceu, pois São Pedro, lá no alto, segurava firmemente o cabo. Foi o cura que subiu. Viram-no voar entre as andorinhas, e todos lhe gritaram:

– Bom dia aos Bem-aventurados, aos apóstolos, a Jesus, à Virgem Maria!

Ele respondeu a todos:

– Podem deixar!

Deus estendeu-lhe a mão para o último degrau. Está no paraíso, no grande coração que bate.

ALEMANHA

# O monge e as alegrias de Eros

Era um jovem monge mais ingênuo que uma borboleta. Só conhecia das mulheres o ventre de sua mãe e o leite de sua teta. Desde a tenra infância vivia na abadia, alimentando-se de evangelhos, de vidas santas, de pão preto. Nada sabia do mundo e pensava que as andorinhas fossem anjos viajantes.

Ora, num dia em que estava varrendo o quarto do pai abade, viu em cima da mesa um livro que acendeu-lhe os olhos azuis. Foi para o corredor, chamou um criado.

– Olha esta maravilha! Vês o que está escrito, aqui, na capa?

– Irmão, não sei ler.

O outro recitou, beatamente, com o indicador apontando o título:

– "As alegrias secretas de Eros."

– Oh, conheço estas alegrias – respondeu-lhe o rapaz rindo, todo gabola.

– Céus! E eu que as ignoro! Meu irmão, quero saber. Onde as encontramos, poderias me dizer?

– Em todos os lugares em que houver raparigas. Sob as cobertas, à noite, quando a lamparina está apagada, no feno dos estábulos, nos celeiros, nos albergues.

E debruçando-se sobre a orelha do mongezinho estupefato:

– Queres descobri-las? Se tiveres algum dinheiro para passar ao meu bolso, uma dessas manhãs poderei levá-lo.

– Tenho minha bolsa de herança. Não sei se é muito, não sei se é pouco também, dar-te-ei seis vinténs.

O maroto respondeu-lhe:

– Amanhã à tarde devo ir até o povoado para comprar vinho branco, pães e queijo. Direi ao pai abade que preciso de tua ajuda. Iremos à taverna de minha tia Lúcia. Ela conhece as alegrias de Eros. Por seis vinténs, irmãozinho, poderás experimentá-las!

No dia seguinte puseram-se a caminho. O céu estava calmo, o caminho parecia contente, o vento ria nas árvores, os pássaros gritavam: "Vai, vai!" Foram a passos largos ao lugar das revelações. Era um velho albergue. Fedia à lareira molhada. Jantaram cebolas cruas e sardinhas defumadas, após o quê, na cozinha, enquanto o mongezinho murmurava suas orações, o criado disse à tia:

– Querida Lúcia, queres ganhar facilmente e sem grande trabalho três peças de boa prata?

– Certamente – respondeu a outra.

– Leva para a cama este bom monge e dá-lhe prazer.

– Ele tem uma bela figura. Também me dará prazer.

Lavou um pouco de louça, depois tirou o avental, pegou o irmão pela mão. Subiram a escada.

No quarto, ela primeiramente se despiu na beirada da cama, depois desfez a camisa, pulou fora dos saiotes e deitou-se perto dele. Apertou-o nos braços, fazendo volteios com as mãos, o ventre. Ele não mexeu um único pêlo. Pensou, com os dentes cerrados: "Senhor Deus, que devo fazer?" Deus não lhe respondeu. Então o donzelo, perplexo, para interrogar mais à vontade o santo padroeiro de sua vida, virou-se para a parede. Lúcia ofendeu-se.

– Quê – disse ela –, estão me desprezando? Fazendo pouco de meu poço ardente? Por Deus, que homem é esse? Ei, bandido! Ei, desgraçado! Olha-me, por favor!

Com uma joelhada maligna ela luxou-lhe a entrecoxa, depois cavalgando o pobrezinho fez chover sobre sua cara, ombros e tórax uma tempestade de murros. O monge entre dois golpes, gemendo, babando, gritando, arriscou um olho fora do cotovelo e disse:

– É isso então, senhora (ui!) albergueira, que chamam de "alegria de Eros"?

– Exatamente, filho de uma égua! E é isto (paf!) também!

O outro pensou que tudo bem pesado ele preferia o convento. Rolou para o chão, pegou a sotaina, o cinto, as sandálias e a escada.

Na sala do albergue o criado escarrapachado dormia entre duas garrafas. Pegou-o pelos cabelos e arrastou-o para a porta.

– Experimentaste bem tudo, êxtases, esfregaços perversos e cavalgadas cosacas? – perguntou o sonolento.

O escovado respondeu-lhe, mancando e carrancudo:

– Degustei até os ossos. Está tudo bem. Peguemos a estrada.

A aurora nasceu pouco depois. Quando estavam caminhando em silêncio, o irmão donzelo inquietou-se.

– Companheiro, tranqüiliza-me. Quando um homem e uma mulher deitam-se na mesma cama, acontece, dizem, que modelam um bebê esfregando-se um no outro. Sabes, tu que muito sabes, quem carrega a futura criança?

– Aquele que fica embaixo – respondeu-lhe o maroto.

O mongezinho persignou-se.

– Horror, miséria e morte! Embaixo? Tens certeza? Tua tia passou a noite em cima de meu umbigo! Vou ter um pequerrucho! Estou grávido, Deus do céu! Minha honra está em farrapos! Mata-me, cava minha tumba, estou desgraçado!

Enquanto estava assim gemendo, chegaram ao povoado. Passaram por uma briga. Uma viúva descabelada gritava com seu gordo vizinho. Ouviram-na vociferar:

– Este desgraçado bateu na minha vaca! Ela estava esperando um bezerro. Imediatamente a pobrezinha pariu antes do tempo!

O monge, com a boca aberta, pegou-a pelo braço e disse:

– Bela senhora, repita, para que eu ouça claramente.

Ela repetiu com prazer três vezes sem tomar fôlego. O irmãozinho dirigiu-se ao seu companheiro de estrada.

– Se basta uma paulada para que o fruto do pecado saia da barriga para o chão, ei, amigo, estou salvo! Vamos até o abrigo do bosque. Eu te darei, juro, o que resta em minha bolsa se me fizeres abortar!

Fez soar o dinheiro. O criado estendeu a orelha, saudou como um soldado e com o olhar brilhante respondeu:

– Meu irmão, estou às tuas ordens!

Correram sob as árvores. O monge despiu-se, ofereceu as costas à brisa.

– Bata, bata, não tenhas medo! Que Deus abençoe teus punhos, teu cajado e tuas solas pontiagudas!

O outro arregaçou as mangas, cuspiu nas palmas das mãos e pôs-se a aplicar uma saraivada de golpes.

Quando o lombo castigado já estava parecendo brasa fumegante, uma lebre repentinamente saltou por entre as pernas trêmulas e mergulhou numa moita. O mongezinho fez "eh", correu atrás dela, voltou.

– Nasceu, Deus seja louvado! Dei à luz! – gritou. – Viste, meu bom amigo? Eu estava prenho de uma bela lebre!

E voltando-se para onde o animal se escondia:

– Vai, meu filho, e vive tua vida!

Ele recolocou as roupas.

– Voltemos, agora – disse. – Estou cansado das alegrias de Eros. Claro, devemos conhecer de tudo, portanto não me arrependo de nada. Porém, mais vale olhar o tempo passar de sua lucarna que percorrer as estradas em troca de prazeres discutíveis.

Desde este dia até sua morte, só colocou o nariz para fora para ir ao jardim. Alguns dizem que foi um santo. Aqui na terra, quem pode saber? Somente Deus conhece seus apóstolos. É seu segredo, não o nosso.

RÚSSIA

# *A viúva*

Eram dois pobres mujiques. Cada qual em seu campo lavrado fazia a semeadura de outono. Sucedeu que um errante viesse a passar, com o nariz na brisa buliçosa. Sentou-se sobre uma pedra redonda. Disse a um:

– Salve, senhor. Bela lavoura. Que estás semeando?

O mujique respondeu:

– Centeio.

– Boa sorte para teu grão, amigo!

Levantou alto o chapéu e voltou-se para o outro campo (só o caminho os separava). Disse ao segundo compadre:

– E tu, mujique, que estás semeando? O que está saindo de teu saco me intriga.

– Eu, senhor? Semeio paus!

E lançou, com o gesto augusto e uma canção na boca, um punhado nos sulcos.

– Que Deus os abençoe, amigo! – respondeu-lhe o errante.

Saudou, bebeu de seu odre e continuou seu caminho infinito.

Veio o inverno, com suas friezas brancas, veio a primavera, com suas chuvaradas. Deus, naquele ano, foi pai bondoso. O centeio cresceu cheio e forte. As lanças também vicejaram. No começo tímidos cercefis molemente embalados pelo vento, cresceram, floresceram em lancetas de glandes bochechudas tão imponentemente altas e rubras que intimidavam os pássaros. Veio julho, época das colheitas. Um reuniu feixes ensolarados, o outro amontoou em sua charrete a colheita dos frutos maduros e tomou o caminho da cidade.

No dia seguinte, bem cedo pela manhã, foi apregoando pelas ruas:

– Paus frescos! Belas espadas ardentes! Aguilhões de secretos prazeres! Quem vai levar minhas lanças, minhas garrafas afiladas? Quem vai levar minhas velas carnudas?

No seu quarto no primeiro andar, uma viúva levantou as sobrancelhas.

– Vai ver o que este mujique está vendendo – disse à jovem criada que estava lustrando botinas perto da janela entreaberta.

A outra correu até a calçada, apertando seu xale em volta do pescoço.

– Eh, vendedor, que escondes sob a lona de teu carro?

– Bastões de cama, minha bela, ginjas colhidas hoje!

Ela voltou ao quarto onde a senhora empoava o rosto.

– Senhora, ele está vendendo aquele tipo de objeto que cresce em nossas mãos, mastros, flautas ardentes.

– Quero uma! Alcança-o – gritou a viúva animada. – Vai rápido antes que ele vá embora!

A moça foi e voltou com, na ponta dos dedos, a coisa embrulhada em papel macio.

– Deixa-nos – disse-lhe a senhora sentando-se nas cobertas.

Ela arregaçou as saias, abriu as coxas, empurrou a lança na beira do poço. Ele curvou as costas e a cabeça, como um burro mal enfreado empacou, virou-se para o lado. Recusou-se a ir aonde a senhora queria. Ela foi até a porta, e brandindo o objeto no nariz da criada:
– O mujique te disse como se deve falar a essas coisas de homem?
A outra fez que "não", com a boca aberta.
– Vai perguntar-lhe, sua parva! Que estás esperando?
A pequena trotou atrás da charrete, esbaforiu-se, perguntou, e voltou exausta.
– Por cem rublos ele dirá.
– Leva-os para ele, não pares pelo caminho!
Ela foi pelo lado ensolarado da rua matinal, voltou ladeando as paredes umbrosas, subiu sem pressa a escada, empurrou a porta do quarto.
– É preciso dizer-lhe "por favor".
– Está bem. Vai descansar, minha filha.

A viúva deitou de atravessado na cama. Disse o que era preciso, fez o que desejava, depois quis liberar seu buraco de amor exausto. Não pôde. O fogoso, indomável, obstinou-se. Ela dignou-se desfalecer ainda uma ou duas vezes, e considerando-se satisfeita, ordenou que se retirasse. A coisa durante um momento pareceu obedecê-la, hesitou, mergulhou impetuosamente e começou a agitar-se com tal furor que a senhora sem poder mais, com a saia entre os dentes, teve que pedir ajuda.
– Filha, corre perguntar àquele filho da puta como se livrar destes pilões ferozes!

A criada foi, ficou muito tempo fora, voltou cantarolando:

– Senhora, são cem rublos.

– Pega-os – arquejou a outra, agitada sob o lençol por inquietantes sobressaltos.

A viagem foi feita em pouco mais de uma hora. Finalmente, empurrando a porta:

– É preciso dizer "obrigado" – suspirou a mensageira.

Estava com os olhos brilhantes e comia uma maçã. O mujique a tinha oferecido com seus cumprimentos para sua boca carnuda. A viúva disse a palavra. Libertada, guardou o tesouro no armário. A criada partiu para uma felicidade nova. Era tão graciosa quanto pobre e simples. Obteve, fora a lança, o homem e seu olhar azul, uma enxurrada de rublos, núpcias e três filhos. Teve também, dizem, felicidade para dar e vender. E efetivamente a deu. Para a vida flui a vida.

PÓLO NORTE

## *Miti*

– Brinquemos! – disse Deus à esposa.
Seu nome era Tenatowan. Sua mulher chamava-se Miti. Eram um pouco turbulentos. Gostavam de pregar peças um no outro.
– Está bem – respondeu ela. – De que queres brincar hoje?
– Subamos a colina e sobre peles de foca escorreguemos até embaixo.
– Boa idéia. Viva! Já estou lá.
Gritando alto, batendo os braços no ar, despenharam-se neve abaixo. No fundo do vale havia um iglu do tamanho de uma catedral. Miti parou antes. O Criador quis agarrar-se no vento, foi como tentar interromper a corrida de um raio. Numa explosão de espuma ele freou com os dois pés, com os dez dedos e com os cotovelos, berrou, desesperado, rebentando a parede em mil cristais gelados, ficou imóvel, ofegante. O teto despencou-lhe sobre a cabeça. Ele se pôs a gemer, sob os montes de gelo:
– Ai! Estou sufocando! Estou morrendo! Miti, sua desgraçada, socorro! Ajuda-me!
Miti escalou a ruína e rindo como cem gralhas voltou a galope à casa comum.

Com grande esforço Tenatowan libertou-se daquele casulo, soprou duas tempestades pelo nariz, voltou para casa, procurou a mulher. Encontrou-a na cozinha. Estava preparando um cozido. Pegou-a pela nuca e pela parte inferior das costas, levantou-a do chão e jogou-a para fora.

– Vai pois embora, ei, sem família! – gritou-lhe, todo vermelho, enquanto ela se esborrachava no caminho coberto de neve. – Volta para tua tundra, entre os animais selvagens! Não mereces minha hospitalidade!

Ela levantou-se, manca, sacudiu o pó branco que a cobria dos pés à cabeça, trotou para trás de uma rocha, tirou da cintura uma faca de sílex, cortou os seios, as nádegas e o sexo aveludado, depois alinhou-os na neve e com o olhar zombeteiro ordenou-lhes que se transformassem em homens reais. Imediatamente surgiram diante dela quatro valorosos galhardos.

– Iremos lograr meu esposo – disse-lhes. – Prestem atenção, meus queridos. Vou voltar para casa. Esperem uma hora, depois vocês virão pelo caminho como viajantes exaustos. Baterão em nossa porta. Tenatowan abrirá. Então vocês lhe dirão que são meus irmãos e que vieram me buscar.

Tendo assim falado, ela cortou ainda um pedaço da panturrilha, colocou o pedaço de carne em sua linha de vida e com um sopro transformou-o num pássaro. Murmurou-lhe entre os olhos:

– Antes de os outros chegarem, voa até a casa e põe-te a piar na beirada do teto.

Ali deixou os cinco cúmplices e voltou manquitolando à cabana conjugal.

Sua filha avistou-a pela janela aberta.

– Ei – disse –, olha a mamãe.

– Miti – resmungou Deus –, perdi a cabeça agora há pouco. Encontrei-te, é verdade, num buraco de tundra, sem eira nem beira, na mais completa miséria. Mas tens filhos, não és sem família. Entra, estás em tua casa.

Ela foi acocorar-se perto da lareira, pôs lenha no fogo, começou a preparar a sopa. Um pipiar vivo fê-la levantar o rosto.

– Estás ouvindo, meu esposo?

– Eh, mulher, que me importa?

– Este pássaro vem de minha terra. Que está dizendo? Posso compreendê-lo. Está precedendo a família. Meus quatro irmãos estão chegando.

Tenatowan rosnou:

– Quê? Nascestes do nada! De onde tirarias irmãos?

– Ei-los – disse Miti.

Os quatro homens imediatamente apareceram na soleira da porta.

– Que a paz esteja consigo – disse o mais alto. – Viemos buscar nossa irmã. Parece que Deus a está maltratando.

– Eh, levem-na pois, não quero mais vê-la – gritou Tenatowan agitando a mão como se estivesse espantando moscas.

Miti pegou suas coisas, fez uma trouxa e sem uma palavra saiu com os falsos parentes.

Caminharam o suficiente para não serem mais vistos. Então ela parou, fez com que os familiares retornassem à forma original, duas nádegas, dois seios brancos, uma boca de baixo, mas não os recolocou no lugar costumeiro. Colocou as tetas atrás dos ombros, o traseiro na frente e o braseiro peludo entre o pescoço e o umbigo. Voltou para casa.

– Ei, olha a mamãe de novo – disse a caçula.
O Criador trovejou:
– Miséria! Tu de novo? Terias por acaso esquecido alguma coisa?
– Sim – respondeu Miti. – O amor que sinto por ti, por meus filhos, por minhas filhas.
– Mulher, estás me deixando irritado. Vamos para a cama – disse Deus.

O desejo invadiu-o assim que se meteu sob a coberta. Apalpou a esposa. Quis possuí-la.
– Pelos cornos azuis do Caos, Miti, dize-me, onde estão teus seios?
– Onde sempre estiveram, meu senhor bem-amado. Sob a omoplata direita está o que procuras, sob a omoplata esquerda está o que seguras.
– Miti, e tua bunda redonda?
– Toca, está aqui na frente.
– E o ninho para o pássaro que canta entre minhas pernas?
– Procura, doce esposo. Sentes como ele está te esperando?
Tenatowan passou a mais estranha noite de seu reinado. Não trepou nem dormiu. Levantou-se furioso, engoliu sombriamente mil sonoras imprecações, respirou fundo e disse esforçando-se para manter a calma:
– Escuta, minha boa amiga, vamos parar de nos pregar essas partidas lamentáveis. Esqueçamos. Estou morrendo de fome. Tu poderias me preparar, por favor, um patê?
– Impossível, meu senhor. Preciso de raízes, de um pedaço de carne fresca, e veja, não os tenho.
– Francamente – disse ele –, és insuportável. É muito simples, odeio-te. Entre os caçadores de renas

há mulheres tão peritas em patês quanto nos prazeres amorosos. Deixo-te. Vou me casar com alguma outra.

Partiu sem olhar para trás, majestoso e triste.

Mal a porta bateu, Miti pôs-se na cozinha, ralou, picou, amassou, assou, fez mil iguarias raras. Após o quê, saiu apressadamente, metamorfoseou-se em borrasca desenfreada, alcançou o esposo, ultrapassou-o, sentou-se, com as pernas abertas, a cem passos diante dele e ali inflou o corpo tão prodigiosamente que seu belo sexo apareceu diante de Deus como a soleira de um mundo. Ele mal hesitou, intrometeu-se prudentemente sob a abóbada gigante. Assim que o esposo entrou, Miti fechou a entrada da caverna íntima e voltou para casa. Reteve-o um pouco na noite de seu ventre, depois devolveu-lhe o dia. Tenatowan saiu tão calvo quanto uma glande. A esposa disse-lhe:

– Meu senhor, és tu mesmo?

– Eu? – respondeu-lhe Deus. – Estás sonhando, mulher. Nunca tive cabelos nem sobrancelhas.

Veio-lhes simultameamente à boca um riso estrondoso.

– Façamos as pazes – disse ele.

– Vem pois comer – disse ela.

Criadores contentes fazem povos pacatos. Eles viveram tranqüilos e os humanos também.

## *Deus e Miti pregam-se peças*

Tenatowan, o Criador, saíra enfim do mau-humor e das preocupações. Casara as duas filhas maiores, a mais velha com o Homem-Crepúsculo, a segunda com o Homem-Neblina. A esposa Miti educava a terceira, ainda em tenra idade, com uma afeição vigilante e alegre. Em suma, o coração do Velho Pai estava como um céu azul.

Saiu uma manhã para caçar peixes graúdos. À noite voltou com uma baleia. Miti estava junto ao fogo. Na mesa ele jogou o animal pingando água.
– Eis com que fazer um banquete – disse ele, contente, à esposa.
– Este tipo de carne exige que a preparemos com ervas finas e bagos de espinheiro – respondeu-lhe Miti. – Eu não tenho tempo para colhê-los. Devo cuidar da casa e de nossa última filha.
– Então eu mesmo irei – disse Deus.
Pegou um saco de pele de foca e partiu, com o passo alerta, na brisa do verão resplandecente.

Logo o ar perfumado amoleceu-lhe a marcha. "Tenho coisa melhor a fazer", disse consigo mesmo, "do que ir colher frutos selvagens." Deitou-se entre as flores pálidas, com a nuca sobre uma pedra lisa, pensou, com os olhos semicerrados, pegou seu longo facão, cortou pau e colhões, transformou-os em pequenos seres calvos e disse-lhes:

– Vão pois encher este saco de bagos.

Os anõezinhos partiram cantando a plenos pulmões:

– Somos os filhos do Grande-Pai celeste, olé, os belos filhos do deus Tenatowan!

Saltitando com grande estardalhaço entre as sarças baixas, encontraram no prado a filha mais velha do Criador que passeava com as dez criadas. Era astuta como uma raposa. Vendo-lhes o crânio reluzente e a barba rala percebeu quem eram aquelas pessoas. Disse-lhes:

– Meus queridos, meus alegres companheiros, meus irmãozinhos, deixem aí o saco, nós o encheremos para vocês.

As mulheres se alegraram, colheram os frutos à cestas transbordantes. A colheita foi rapidamente levada diante de Deus, após o quê, os anões provisórios esperaram para serem reconduzidos às suas funções reprodutoras, o que foi feito num piscar de olhos.

Tenatowan voltou para casa.

– Mulher, eis com que temperar a baleia.

O banquete foi grandioso. Vieram filhos e filhas, pescadores, caçadores de renas e selvagens distantes. Ao final do rega-bofe, a mais velha disse ao pai:

– Encontrei anões calvos como ovos, outro dia, no prado. Colhi para eles com minhas dez criadas um grande cesto de bagos. Pergunto-me de onde poderiam ter vindo aquelas pessoas.

– Do alto de minhas coxas, minha filha– respondeu-lhe o Criador.

Todos riram gostosamente, comeram, beberam ainda mais e foram embora bêbados.

Depois de três dias de paz o Velho Pai aborreceu-se. Uma manhã disse a Miti:
– Vou explorar minhas torrentes. Meus três filhos me acompanharão. Tu, não percas tempo bocejando na cama. Caça algumas focas e prepara-as. Precisaremos de óleo e de gordura para o inverno.
– Isto é trabalho de esposo – respondeu-lhe Miti. – Já faço bastante cuidando de nossa filha.
– Eh – disse Deus –, estás me irritando.
Com o longo cachimbo na boca seguiu para o rio.

Quando a manhã voltou, Miti fez as bagagens: uma lona de tenda, um porrete e sua filha bem enrolada numa manta de lã, depois correu à praia onde brincavam as focas. Viu um gordo macho de pêlo reluzente. Parecia estar divagando, escarrapachado numa rocha. Ela gritou-lhe, com o rosto no vento brumoso:
– Olá, belo pançudo, vem pois fazer amor! Tenho com o que regalar teu focinho, tuas nadadeiras e tua vela rósea!
O outro, em seu jargão, balbuciou: "Por que não?" Arrastou-se até a tenda em que Miti o esperava, já pronto para o ataque. Fizeram um sobre o outro uma sesta poderosa, após o quê, o animal adormeceu de lado. Nem teve tempo de gozar do repouso. Miti pegou o porrete, partiu-lhe a cabeça, jogou-o nos ombros e levou-o para casa.

No dia seguinte ela voltou, seduziu outro animal, como na véspera abateu-o, arrastou-o e picou-o, no terceiro dia fez a mesma coisa, no quarto dia fornicou com uma baleia branca, arpoou-a, fê-la em pedaços. No quinto dia sua casa transbordava de carne e de gordura. No sexto dia o esposo voltou.

– Estou com fome! – gritou já na soleira da porta.

Miti agachou-se embaixo da mesa, cortou sua boca de baixo, recheou-a com carne e toucinho.

– A partir de agora viveremos separados – disse-lhe Deus. – Desejo ardentemente a solidão e tu não precisas de nada, estás bem provida para o inverno.

– Coma, pois – ela respondeu.

Ele devorou tudo, lambeu os beiços e foi para a nova casa. Ela ficava na montante do rio.

Miti, três dias depois, saiu no vento fresco, aspirou o ar e disse à filha:

– Vou visitar o grosseirão do meu esposo.

Pela margem ela trotou, na porta bateu. O Criador abriu.

– Miti! Que surpresa!

– Vim degustar teu peixe seco.

– Entra pois, senta-te. Vou preparar o melhor de meu estoque.

Foi até a soleira, cortou seu instrumento de macho rente aos colhões, envolveu-o com óleo fresco e colocou-o para grelhar. Serviu-o sobre uma camada de temperos.

– Bom apetite – disse.

Miti cheirou o objeto, apalpou, experimentou, cuspiu.

– Não é peixe – disse –, é tua lança.

Deus riu copiosamente. Bradou, soluçando:

– Ai! Que bela peça preguei-te!

– Grandissíssimo bestalhão – zombou Miti. – Eu, eu cuspi teu dedo sem unha. Tu, tu lambeste os beiços com meu túnel peludo, outro dia, em nossa cozinha.

– Ah, diaba! Ah, desgraçada! – gritou o Criador. – És a mais ardilosa das mulheres do mundo, e é por isso que te amo tanto quanto a nossos filhos. Leva-me para casa.

Ela tomou-lhe o braço e os dois se foram deixando atrás de si a porta bem aberta para os passarinhos perdidos.

## *Nanok*

Era um urso. Era jovem. Amava uma mulher de olhos tão inconstantes quanto o oceano próximo. Ela esposara um caçador miserável. Assim que ele deixava o iglu com seus três harpões, sua lança, sua faca, ela arrumava os cabelos, abria a túnica, chamava:
– Nanok!
Sua voz era tímida. O urso entretanto a ouvia, lá no alto, na montanha.

Descia das brumas, depressa acorria, com as costas empoadas de neve, curvava os ombros, entrava no iglu. A mulher o estava esperando. De joelhos na cama, ela acendia a lamparina e suas coxas brilhavam, e Nanok resfolegava e deitava-se sobre ela. Ela gostava de sua pelagem áspera, de seu focinho, gostava de ficar nua sob suas enormes patas, gostava do prazer que tirava toda força do grande corpo robusto. Quando ele gozava, ela cavalgava-lhe a coxa, esfregava-se lentamente, com o rosto enfiado no peito felpudo. O urso dizia-lhe então:
– Um dia, pequena, um dia tu irás até minha caverna, lá no alto, até minha caverna escondida sob a neve e a rocha, e eu me casarei contigo, e te darei doze filhos invencíveis!

– Diga-me por onde ir, Nanok, eu não sei, diga-me como chegar à tua casa secreta.

E o urso murmurou bem devagar contra suas têmporas quentes:

– Siga em direção a tal rochedo, contorna tal outro, caminha duas horas e verás três cascalhos.

Assim que ele lhe falava, rugia com uma voz de trovão longínquo:

– Mas não contes para ninguém, minha vida está na tua boca! Lembra-te, tudo ouço do alto da montanha. Escuto-te respirar, escuto-te dormir, sei quando acordas. Mesmo com o vento de inverno te escutarei trair!

Os dias passavam assim. À noite, quando o marido voltava da caça:

– Nada! Nem um animal na ponta de minha faca! Nem mesmo um pássaro morto, nem mesmo um urso perdido!

Sobre a colcha jogava suas armas, sentava-se no chão e comia seu toicinho, com a cabeça baixa. Às vezes, com o olhar furioso, levantava a cabeça.

– Mulher, tua casa está fedendo à besta selvagem!

– Não, meu marido, não, é o cheiro das peles que cerzi.

Ela ia até ele, colocava o rosto em seu ombro, aninhava a mão no fundo de seu ventre. Ele a empurrava.

– Mulher, deixa-me. Não cacei nada. Sou um pobre coitado.

Ficava sentado na beirada da coberta, com o rosto nas mãos.

Numa noite de forte vento ela chegou bem perto dele, beijou-lhe a orelha e disse-lhe num múrmurio quase inaudível:

– Conheço um urso.

O homem deu um salto. Pôs-se de pé.

– Um urso? Onde está ele? Dize-me mulher, rápido!

– Homem, acalma-te. Desfaze o cinto, tira a camisa. Oh, dá-me tua mão. Sentes meu desejo? Deita-te sobre mim.

Enquanto ele a possuía gemendo:

– Siga em direção a tal rochedo, contorna tal outro, caminha duas horas, ali haverá três cascalhos. Entra na mais alta das três cavernas.

Assim que gozou, o homem pegou suas facas, chamou os cachorros, fez estalar o chicote.

No iglu a mulher ouviu o vento, com os olhos arregalados, a boca trêmula, ouviu repentinamente passos de tambor, na neve, ouviu ressoar um barulho surdo. Com as unhas desesperadas ela cavou o solo para enfiar-se terra adentro. Gemeu:

– Nanok! Oh, seu hálito quente! Oh, sua pata enorme! Minha pobre casa, ele vai esmagá-la!

Só o vento soprou sobre o iglu, nada mais. Nanok, o traído, fugia chorando. De seu focinho saía um sopro rouco. Cachorros ladravam na noite gelada. Vinham para cima dele. O dia ainda estava longe.

# *Nukar*

Era um solteirão. Chamava-se Nukar. Nunca falava, exceto quando estava sozinho. Os outros lhe diziam:
– Lava o rosto e limpa teu caiaque, olha, as algas o estão comendo.
Nukar respondia-lhes com um vago resmungo. Não tinha gosto para as coisas comuns.

Um dia, na casa comum, um caçador lembrou-se de uma moça que vislumbrara, mais ao norte, na beira do lago. Enquanto descrevia-lhe os gestos, o rosto e a luz estranha e viva de seus olhos, na penumbra espessa em que os homens escutavam, Nukar permaneceu curvado olhando os pés. Antes dos outros deixou a assembléia. No dia seguinte acordou junto com a aurora cinza, pegou sua pele de urso, pulou os três corpos dos irmãos adormecidos, saiu sem que mexessem um só dedo, esfregou o rosto com neve, limpou as orelhas e alisou os cabelos, depois foi raspar os flancos de seu caiaque. Feito isto, embarcou e seguindo o rio partiu para o povoado onde estava a moça.

Chegou à noite. As pessoas da casa acolheram-no gentilmente. Enquanto estava amarrando a canoa no pontão, disseram-lhe:
– Salve. Sê bem-vindo.
Nukar atravessou a soleira. A moça estava na sombra no fundo do iglu. Mal a viu, sentiu acender-se em sua cabeça e em seu coração um fogo incurável. Tirou a peliça e o gorro de foca. Deu um passo. Ela lhe sorriu. Tão belos eram seu corpo, seu olhar, seu rosto que ele caiu de joelhos, com o rosto contra o chão, e ali perdeu os sentidos. Nada mais viu senão a escuridão. Nada mais ouviu. Quanto tempo se passou? Voltou à vida. Tinham acendido lamparinas no iglu. Olhou para a moça. Viu-lhe o ar risonho. Deu dois passos em sua direção e de novo caiu com o rosto contra o chão, e de novo perdeu o cheiro da casa, seus rumores, sua luz.

Quando recuperou a consciência, tinham arrumado as camas ao lado das paredes e a moça estendia peles para ele junto a seu próprio leito. Ele deu dois e três passos. Tocou-lhe o ombro. Deitou-se perto dela. O desejo de abraçá-la e de nunca mais mexer-se, e de nunca mais ver o sol invadiu-o. Apagaram as lamparinas. Deitou-se sobre ela. Entre as coxas quentes ela acolheu sua lança. Foi tão violento e tão doce que ele ouviu sua carne, seu cérebro, seu sangue, seus ossos gritarem, mas nenhum barulho saiu de seus lábios. Pareceu-lhe inicialmente que estava mergulhando nela dos pés ao umbigo, depois do coração ao queixo, depois sua boca e língua nela se intrometeram, finalmente seus olhos, seu crânio e seus cabelos sedosos. Nela ele desapareceu.

Quando a manhã renasceu, a moça saiu sozinha. Ouviram-na cantar, como de hábito. Nukar não estava com ela. Não estava dentro. Não estava fora. E contudo seu caiaque ainda estava lá, vazio, perto da margem.

*Quem quer que dê cem passos sem amor*
*segue seu próprio funeral.*

*Viver é como amar.*
*A razão é sempre contra, o instinto é sempre a favor.*

*Onde tua lança vai,*
*Teus pés vão atrás.*

*O amor é nu,*
*mas mascarado.*

*De um leão o desejo pode às vezes fazer um asno*
*e de um asno pode às vezes fazer um leão.*

*A ternura com que ela aquece um passarinho*
*é a mesma com que aquecerá tua pena.*

*No amor como no jogo de xadrez*
*os loucos são os vizinhos dos reis.*

*O desejo é chama,*
*a posse fumaça.*

*Meu amor, abra minha tumba e vê a poeira
que cobre a bela embriaguez de meus olhos!*

*A morte só uma coisa teme:
que o amor a devore.*

# Fontes

A. M. d'Ans, *Le dit des vrais hommes*, Paris, 1977.
P. Camby, *L'amour sublime*, Paris, 1994.
H. Carnoy, *Traditions populaires d'Asie Mineure*, Paris, 1967.
A.V. Charrin, *Le Petit Monde du Grand Corbeau*, Paris, 1983.
M. Coyaud e Jin Mieung Li, *Tigre et Kaki et autres contes de Corée*, Paris, 1995.
W. Dessaint e A. Ngwâma, *Au sud des nuages*, Paris, 1994.
G. Dumézil, *Contes lazes*, Paris, 1937.
D. Dussaussoy, *Le fou divin*, Paris, 1982.
R. Erdoes, *Le chant des flûtes*, Lyon, 1987.
R. Erdoes e A. Ortiz, *L'oiseau-tonnerre et autres histoires*, Paris, 1995.
E. J. Finbert, *Dictionnaire des proverbes du monde*, Paris, 1965.
L. Frobenius, *Contes kabyles*, Paris, 1995.
R. Graves, *Les mythes grecs*, Paris, 1967.
P. Guiraud, *Dictionnaire érotique*, Paris, 1978.
A. Ibn Souleiman, *Le livre de la volupté*, Paris, 1989.
V. Jago e A. Tshitungu Kongolo, *Les dits de la nuit*, Bruxelas, 1994.
C. G. Jung, C. Kerenyi e P. Radin, *Le fripon divin*, Genebra, 1958.
La Fontaine, *Oeuvres complètes*, Paris, 1991.

S. Lallemand, *L'apprentissage de la sexualité dans les contes d'Afrique de l'Ouest*, Paris, 1984.
I. Liseux, *Kama Sutra*, Paris, 1984.
I. Liseux, *Le livre du Cheikh Netzaolli*, Paris, 1984.
J. Malurie, *Les derniers rois de Thulé*, Paris, 1976.
M. Maloux, *Dictionnaire des proverbes, sentences et maximes*, Paris, 1969.
F. Montreynaud, A. Pierron e F. Suzzoni, *Dictionnaire des proverbes et dictons*, Paris, 1993.
M. Palma, *Les Letuamas, gens de l'eau*, Paris, 1991.
A. Persboc, *L'anneau magique. Nouveaux contes licencieux d'Aquitaine*, Carcassonne, 1984.
R. Poignant, *Mythologie océanienne*, Paris, 1968.
E. A. Preyre, *Le doute libérateur*, Paris, 1971.
D. Régnier-Bohler, *Le coeur mangé*, Paris, 1994.
L. Renou, *Anthologie sanskrite*, Paris, 1947.
G. Roheim, *Psychanalyse et anthropologie*, Paris, 1978.
L. Rossi, *Fabliaux érotiques*, Paris, 1992.
B. Soulié, *L'érotisme japonais*, Paris, 1984.
R. Van Gulik, *La vie sexuelle dans la Chine ancienne*, Paris, 1972.
B. de Villeneuve, *Contes secrets russes*, Paris-Genebra, 1981.
X., *Contes picards*, Paris-Genebra, 1979.
R. Zapperi, *L'homme enceint*, Paris, 1983.

IMPRESSÃO E ACABAMENTO
*Yangraf* Fone/Fax: 218-1788